J. M. G. Le Clézio

CHANSON BRETONNE
suivi de L'ENFANT ET LA GUERRE

ブルターニュの歌

ル・クレジオ　中地義和 訳

作品社

ブルターニュの歌

目次

郵便はがき

料金受取人払郵便

麹町支店承認

6246

差出有効期間
2024年10月
14日まで

切手を貼らずに
お出しください

1 0 2 - 8 7 9 0

1 0 2

[受取人]
東京都千代田区
飯田橋2―7―4

株式会社 作品社
営業部読者係 行

【書籍ご購入お申し込み欄】

お問い合わせ　作品社営業部
TEL 03(3262)9753／FAX 03(3262)97

小社へ直接ご注文の場合は、このはがきでお申し込み下さい。宅急便でご自宅までお届けいたしま
送料は冊数に関係なく500円(ただしご購入の金額が2500円以上の場合は無料)、手数料は一律30
です。お申し込みから一週間前後で宅配いたします。書籍代金(税込)、送料、手数料は、お届け
お支払い下さい。

書名	定価　　　円	
書名	定価　　　円	
書名	定価　　　円	
お名前	TEL　　(　　　)	
ご住所 〒		

フリガナ
お名前

男・女　　　　歳

ご住所
〒

Eメール
アドレス

ご職業

ご購入図書名

●本書をお求めになった書店名	●本書を何でお知りになりましたか。
	イ　店頭で
	ロ　友人・知人の推薦
●ご購読の新聞・雑誌名	ハ　広告をみて（　　　　　）
	ニ　書評・紹介記事をみて（　　　　　）
	ホ　その他（　　　　　）

●本書についてのご感想をお聞かせください。

購入ありがとうございました。このカードによる皆様のご意見は、今後の出版の貴重な資
として生かしていきたいと存じます。また、ご記入いただいたご住所、Eメールアドレス
、小社の出版物のご案内をさしあげることがあります。上記以外の目的で、お客様の個人
報を使用することはありません。

シモーヌ[▼1]たちに

▼1　原書は、「シモーヌ」の名をもつ複数の女性への献辞を冠している。一人は著者の母親のシモーヌ・ル・クレジオ（一九〇四―二〇〇四）と推測されるが、他は不明。

ブルターニュの歌

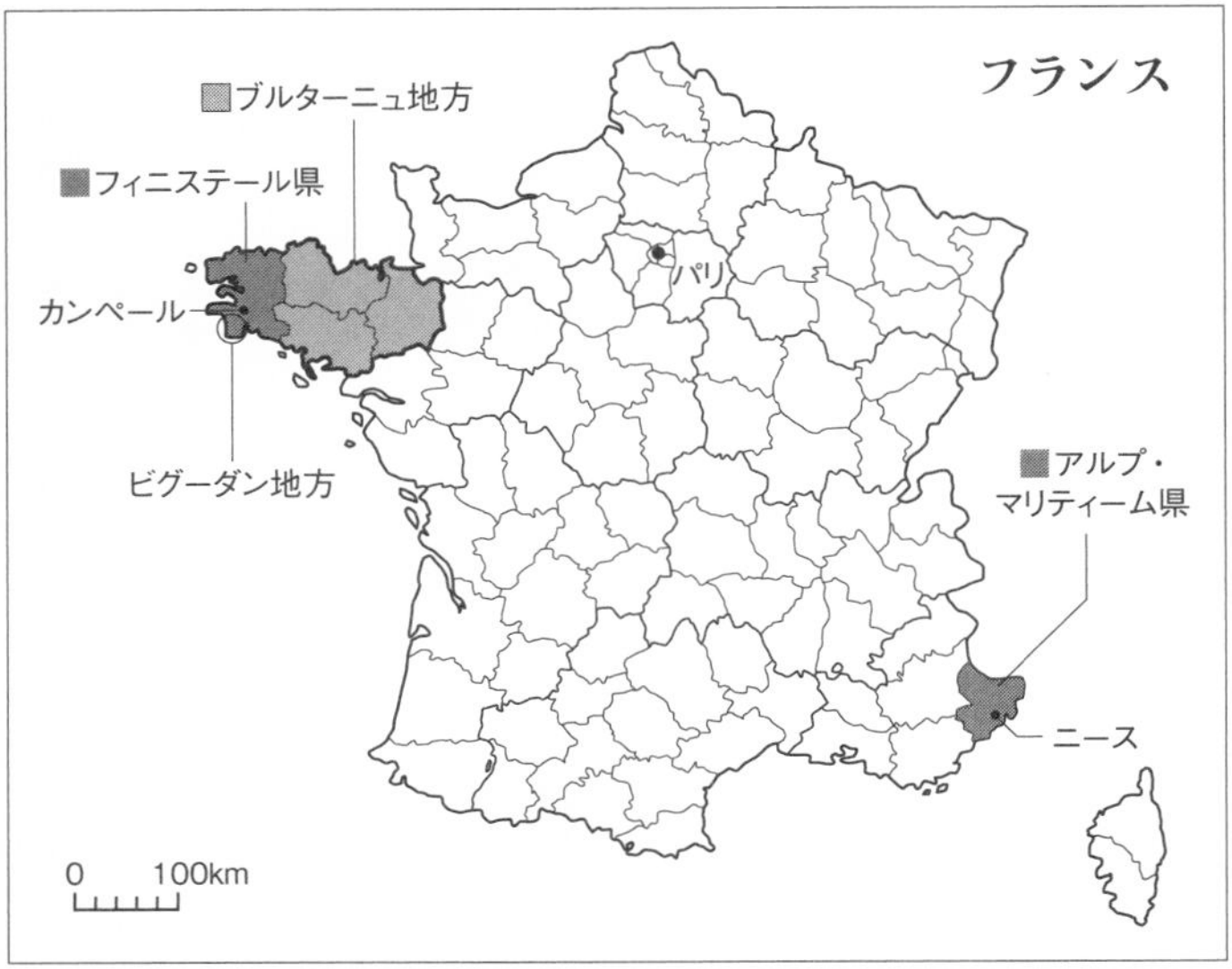
フランス
ブルターニュ地方
フィニステール県
カンペール
パリ
ビグーダン地方
アルプ・
マリティーム県
ニース
0
100km

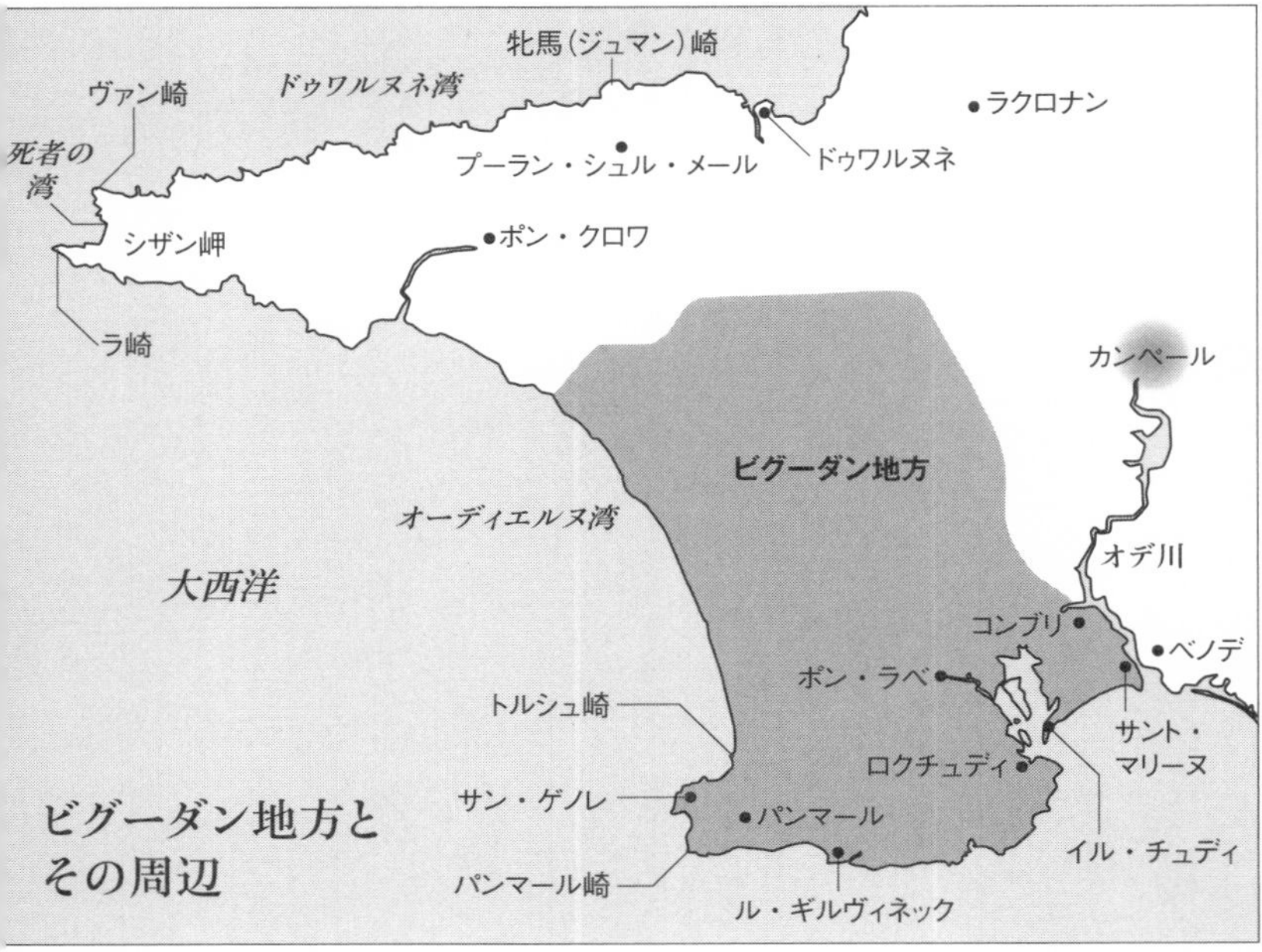
牝馬（ジュマン）崎
ドゥワルヌネ湾
ヴァン崎
ラクロナン
死者の
湾
プーラン・シュル・メール
ドゥワルヌネ
シザン岬
ポン・クロワ
ラ崎
カンペール
ビグーダン地方
オーディエルヌ湾
オデ川
大西洋
コンブリ
ベノデ
ポン・ラベ
トルシュ崎
サント・
マリーヌ
ロクチュディ
サン・ゲノレ
パンマール
イル・チュディ
パンマール崎
ル・ギルヴィネック
ビグーダン地方と
その周辺

コスケ城

そこは私の誕生の地ではなく、一九四八年から五四年まで毎年夏の何カ月かを過ごしたにすぎないが、どこよりもたくさんの感動と思い出をもたらしてくれた土地である。――アフリカ、それはまた別の生活だった。四八年にそれが終わりを告げ、五〇年代に父が戻ってフランスで暮らすようになると、あちらのことは忘れてしまった。拒絶したのではなく消えてしまったのだ、あり得ない、現実味の薄い、大きすぎ、もしかすると危険な何かのように。

ブルターニュはなじみ深《ファミリエ》かった――家庭的《ファミリアル》だった。何しろ、われわれ（父の姓であり母の姓でもある姓をもつ者たち▼1、ぼくらの一族）はブルトン人であり、どれほど時を遡《さかのぼ》っても、こうした見えない堅固な糸でぼくらはこの土地に結ばれているという考えとともに私は成長したからだ。

　この土地の話を年代順にするつもりなどない。思い出は退屈だし、子供には年代順など知ったことではない。子供にとって、日々は先立つ日々につけ加わるもので、しかも一つの歴史＝物語《イストワール》を構成するのではなく、膨張し、虚空を占め、増殖し、がしゃんと壊れては反響するのだ。

サント・マリーヌ

幼少期を過ごした村、毎年学校が休みに入るとすぐに出かけたあの夏の村に戻っても、見覚えのあるものは今ではほとんどない。村の入口からコンブリ崎に向かう長い道は、拡張もされず、まっすぐに敷き直されもせず、たしかに昔のままの場所にある。港の傾斜面、古い民家、船乗り小屋、かわいい礼拝堂を眺める。すべてが同じ場所にある、しかし何かが変わった。もちろん、私のうえにも民家のうえにも時は流れた。時はすべてを摩耗させ、塗り直し、尺度を替え、風景を近代化した。道路はアスファルトで舗装され、とりわけ、白い塗料がまだらに塗られている。駐車スペースを区切り、減速させるためのジグザグの障害物、点線表示、停止マークなどを発明した標識システムである。車の流入を制御するためにロータリーを造り、キャンピングカーの通行を禁じる車高制限バーや、駐車規制の標識や、駐禁用の縁石やアーチスタンドを作った。あちこちにテラスやパラソルを備えたカフェやクレープ屋、絵葉書や土産物《みやげもの》を売る店が出現した。こうしたすべてが、田舎《いなか》なりの現代風の光沢で輝いている。それは、村を時間とは遮断し、過去を侵食する力から村を守る防水剤、古美術商の家具に綿の詰め物で塗ったニスのようだ。今日《こんにち》、車でサント・マリーヌに入る者は停まることがない。夏には観光客が大きな人波となるので、進みつづけて岬まで行かざるをえない。そして写真を一枚撮る時間だけ停車して、引き返さなければならない。入ったかと思うと立ち去るのだ。それでも私が毎年、毎夏、あの日々を過ごしたのはここだ、私がいろんな眺めを頭に詰め込んだのは、自分の幼少期を発見したのはここだ。

かつての村を今の姿に結びつけるのはむずかしい。もちろん世界が変わったのだ。サント・マリーヌだけではない。とはいえ、ここでそれがいっそう痛切に感じられるのはなぜだろう。大事な秘密のように、自分が心に宿しつづけてきたイメージとは何だろう、それが茶化されでもすれば、他のどんなイメージがそうされた場合よりも心がかき乱され、宝物が盗まれたような思いがするイメージとは。

サント・マリーヌ、それは一本の細長い通りで、そこに毎年夏になると私の一家が両親のひどく古めかしいルノー・モナキャトル[2]に乗って自由と冒険と異郷感覚に満ちた三カ月間の申し分ない休暇を過ごしにやってくるのだった。到着したわれわれにとって、サント・マリーヌの中心は、礼拝堂ではなく渡し船、あの鉄くずでできたすばらしい浮き橋のような船で、それは一時間に二度、鎖を軋《きし》ませながらオデ川の河口を渡るのだった。河口部のもっと上流のほうに巨大な（そしてたぶん不要な）橋、大仰にもコルヌアイユ橋[3]と呼ばれる橋が建設されたことこそ、変化の原因であり、その明白な証拠でもあった。渡し船の時代には、人は進んで川を渡ろうなどとしなかった。船はのろくてやかましく、汚れた油のにおいがして、靴は染みだらけになった。それなのになぜ渡ったのか。川向こうのベノデに行くためだ。そこには何があったわけでもない。それでも、皆が浜辺に、カフェのテラスに、キャンプ場にわんさと押し寄せた。川向こうでは、現代風がすでに到来していたが、こちら側ではそれを想像するだけで十分だったし、本当にそれにこだわるのであれば、小型トラックや自転車ごと渡し船に乗り込めばよい話だった。運賃はしれたものだったし、たいした収益をもたらすわけでもなかった。私の記憶では運賃は小さな硬貨一枚だった――祖母なら百スーといっただろう。いやもっと安かったか。あるいは、渡し船が船出する間際に飛び乗る十歳の少年たちには無料《ただ》だったか。川は十分で渡れたが、潮位の高まる日や風の強いときには渡し船は鎖を引きずり、▼4 海の波と川の渦にひどく揺られ、軋みながら河口を流された。向こう側は別世界だった。当時のベノデは、ヴァカンス客やキャンパーたちの町、彼らの集合場所だった。サント・マリーヌからベノデに行くのは、伝統的で少々時代遅れな忘れ去られたブルターニュと、自動車道やホテルやカフェや映画館、それにとくにパラソルに覆われ海水浴客で溢れる海岸をもつモダンな土地とを分かつ境界線を越えることだった。こうしたものが子供たちにとって大事なのかどうかはわからない。私自身、モダンなものに、騒音や群衆に、興味を惹《ひ》かれた記憶はない。しかし大人たちには大事だったに違いない、ある日彼らは、錆《さ》びたおんぼろ船とカンペールの波止場を経由する長い迂回航路では不十分で、車や観光客が通れる橋を建設しなければならないという結論を下したのだから。

　コルヌアイユ橋は立派だ。建設中に見たことはなかった――そのころにはもう、ブルターニュに行かなくなってしまっていた。古めかしい車ではニースからの道のりはあまりに長く、父はおそらく違った場所を見たかったのだろう。ぼくら自身、つまり兄と私も大きくなり、夏の数カ月をニースの蒸し暑さのなかで過ごすか、さもなければイギリス南部のヘイスティングスやブライトンに行ってミルクバー▼5や女の子を発見することのほうを好むようになっていた。

何年も経ってからそこをまた訪れ、橋を渡ってみた。橋を架けるのに、三車線も四車線もある道路網、ロータリーや連結道路を造った。当時橋は、一方向へは有料で逆方向へは無料だった（それはブルターニュのすべての慣習に明らかに反していた）。言いかえれば、それは事業だった。複数の銀行が関与していたはずだ。橋の上から見れば、オデ川河口の上空の、カモメが飛行する高さを飛んでいるようだ。建設された橋が高みにあることがどれほど景色を矮小なものにしたかを見て驚いた。

オデ川は、一本の線を引きながら小さな平底船で航行していたときには、霧に包まれた両岸が神秘的で、黒い水が渦を巻きながら沖合のグレナン諸島のほうへ広がるさまは、アマゾン河のように大きく見えた。橋の陰になると、田舎の、静かな、せせこましい入り江に変わり、死体に群がるうじ虫のように白い小舟が斑《まだら》をなしている。何年かの間に、荒涼たる河口はヨットマンたちの駐車場に、いわば家屋と樹木に縁どられた緑水の広場に、溺れ谷《リア》に変貌した。地上三十五メートルの橋を時速六十キロで飛ばして川を渡ろうとする車が繰り返し轟音を立てるとき、その橋脚の間で一心に櫂《かい》で舟を漕ぐ二人の少年はどんな印象を受けただろうかと想像してみる。橋は都会風の、決定的な様相をまとった、ダムのように力強くて不動の姿をとった。以来ふたたび橋の上に行ったことはない。

　子供のころのサント・マリーヌを復元しようとすると、まず思い浮かぶのは通りだ、学校に近い村の入口を起点として、両側に家々が立ち並ぶなか、岬まで続くあのとても長い、砂利の混じる土の道。当時の私にはふつうの通りに見えたに違いない、しかしそこにはすでに混合的な、いや混血的とさえ言いたい居住形態があった。石造りだが灰色のセメントで粗塗《あらぬ》りし、無骨な鎧戸《よろいど》と、ときにまぐさ石《リンテル》で装飾された低い扉を備え、屋根のてっぺんに環《わ》を連ねたような目を引く棟瓦《むねがわら》を冠し、レンガの煙突のある、大方は貧しいブルターニュ風家屋が並ぶ。なかには、あまりに貧しくあまりに古くて、今も花崗岩《かこうがん》の壁、細長い窓、藁葺《わらぶ》き屋根の家もある。裏には小さな庭があって、ニンニクやインゲンやサツマイモを植えている。こうした家々のど真ん中に、オデ川に向かって開けた広い庭園のある「パリジャン」の別荘が横柄でこれ見よがしな佇《たたず》まいを見せている。高い石壁に囲まれているが、切妻壁や塔が見え、くすんだ緑色に塗装した重々しい鋳鉄《ちゆうてつ》の門が白い小砂利を敷いた並木道のほうに開かれ、満開の花壇、青い紫陽花《あじさい》の植え込み、椿の茂みがある。

サント・マリーヌを特別な村にしていたのは商店の不在だ、それも贅沢《ぜいたく》趣味からというより（今日、商店のない通り以上に贅沢なものがあるだろうか）おそらくは欠乏のゆえだった。というのも、じつはこうしたつましいどこの家でも、時に応じて、魚やエビやカニ、あるいは庭で抜いてきたばかりの土のついた野菜が買えたからだ。商店の名にふさわしい唯一の店は、ビジェ農園（ベノデ市内のプーロプリ地区にある）の所有になるよろず屋だった。羽根飾りのある呼び鈴を備えた扉を押せば、ただちに店に入り、目に留まるものを買った。保存食（コンデンスミルク、イワシの缶詰、グリーンピース）、一リットル単位で買うワイン（「アッラー・アッラー」という奇妙な名前のアルジェリア・ワインだったが、当時はだれも不快に思わなかった）、ばら売りの乾燥野菜に、トイレットペーパーやマッチ（それに煙草《たばこ》）のような必需品、とくに私を驚かせたのは、お玉で掬《すく》って売られるゲル状に固めたジャムだった。それがリンゴだったか、ブドウだったか、あるいはマルメロだったかは言えないとしても、あの味は忘れもしない。ビジェ商店はまた、唯一パンを置いてある店だった。それはカンペールの工場で大量生産されるようになった大きな丸パンで、いつもひどく固くなっていたので、自分の家まで持ち帰る役目を仰せつかった男の子たちは、道すがら休むのに、それを腰かけのように使うのだった。私の両親はそのパンをめったに買わなかった。その白すぎるおぞましいパンを食べるくらいならクレープを食べるほうがましだときっぱりと決めていたからだ。

サント・マリーヌの要所の一つは、ビジェ商店から遠からぬところにある村人共用のポンプ式の井戸だった。この手押しポンプは住民の飲料水を提供する役目を公式に担っていた。どの家にもどの農場にも、井戸か、地面を掘ってじかに水を溜める雨水槽はあった、しかし家畜の汚水や肥溜めが近かったので飲用にするのは危険だった。樋《とい》から流れ落ちる雨水も貯水槽に溜められていたものの、波しぶきが屋根に浸み込むせいで水は塩辛く、風呂水か洗濯水にしか適さなかった。周辺の畑には寄生虫、とりわけ本書でもこの先話題になるジャガイモの葉を食い荒らすコロラドハムシの侵入を防ぐために、化学薬品がふんだんに使われはじめていた。鶏や豚の飼育は今日のように大規模なものではなかったが――今日では二十万羽も飼育している鶏舎がある！――鶏の糞が環境中の硝酸塩の含有率を高めはじめていた。今日の環境汚染のレベルには達していなかったけれども、それに近づきつつあった。しかも瓶入りの水は乳児用を除いてまだなかった。それでヴァカンスを過ごすのに大量の水の瓶を車に積み込んでこずにはいられない神経質な連中がいた。何しろ、浄水フィルターなどなく、ポンプの上方に使用上の規則が貼られてもいなかったからだ。

飲料水のただ一つの水源はしたがって、街道脇にあって相対的に汚染から守られているこの深い井戸から汲み上げる手押しポンプだった。日に二度、手押しポンプのところまで水を汲みにいくのは、ぼくら子供の、村中の子供の役目だった。十年後、ふたたびサント・マリーヌを訪れると、手押しポンプは相変わらずそこにあったが、もう使われてはおらず、青リンゴ色のペンキを塗られ、差し錠をかけて閉鎖されていた。懐古趣味の人々には渡し船の鎖の歯車装置やキロメートル標石と同じ資格で、一個の置物、昔を偲《しの》ばせるマスコットのようなものとなった。庭の古い手押し車といった佇まいで、花束で飾られていた。

私が子供のころにはポンプはまだ使われていて、すべて使用に供されるものと同じく色がついておらず、鋳鉄のくすんだ灰色そのものだった。そこここに錆が出て、ピストンの周りには潤滑油の染みがあった。ハンドルはそれを扱う人々の手という手で磨かれていた。押しはじめるとポンプは軋み、少し間をおいて間歇的《かんけつてき》に冷たい水がちょろちょろと出てきて、ゆっくりと水差しを満たした。水差しになみなみと水が溜まると――それはアルミ製または青い琺瑯《ほうろう》を引いた金属製の大きな水差しで、五、六リットルは入った――家まで運ばなければならなかった。兄弟で交互に持ち、手首や肘の腱のひりひりする痛みを鎮めるのに頻繁に休憩しながら、揺れないように腕を伸ばしてゆっくりと歩いた。手押しポンプからケリュエル館（両親がエリアス夫人から借りていた休暇中の住まい）までは一キロもなかったはずだが、あれほど長く思えた道のりはない！　その貴重な水を父は琺瑯引きの大きな鍋に入れてブタンガスのコンロで沸かした。そのためだけに使われる鍋で、蒸発して貯えが減ると、手押しポンプまで行くときが近づくのだった。水を運ぶ労役は村の子供たちの生活のなかで一つの娯楽であり、水場は女の子たちの笑い声や男の子たちの叫び声で賑やかだとよく言われる。私が覚えているかぎり、それは正確ではない。記憶にあるのはむしろ、日差しの下、家々の間を縫って果てしなく続く道、バランスをとるのに体を少し反対側に傾けて水差しを家まで運んでいく子供たちの列、それに水差しからこぼれる貴重な水のちゃぷちゃぷという音だ。とはいえ、つまるところ、それは心地よい仕事だった、子供たちに自分が役に立っていると思わせたからだと思う。今日ではもちろん、台所や浴室で蛇口をひねって水が流れるのを見ているだけでよいのだから便利になった。しかし今でも私は、蛇口がちゃんと締まっていて貴重な水の一滴たりともむだになっていないか気をつけずにはいられない。

サント・マリーヌの子供たち（ぼくらもその仲間だった）の大半は、村に住みついた漁師の息子たち、娘たちだった。オデ川の岸辺の美しい別荘には外国人も何人かいたが、まれにミサの日に礼拝堂で見かけるだけだった。彼らは奇妙に見えた、つまりブルターニュの子供たちとはとても異なって見えた。その外国人たちをときどき垣根越しに、または門の前で背伸びしながら窺《うかが》っていた。きれいな服を着た少年少女たちで、ハンカチ落とし▼6やクロッケー▼7をしていた。そうした遊びはぼくらには幼稚に見えたが、それでも彼らはけっこうおもしろがっている様子だった。とくに私の興味を惹いた家、それはコンブリ崎に行く途中のモゲールにある女の子たちの家だった。オデ川のほとりの、立派な木々が立ち並ぶ大庭園のなかの何階もある美しい大きな別荘で、スレート葺きの尖った屋根、天窓、切妻壁、種々の櫓《やぐら》、とくに花綱模様の錬鉄製の正門を備えていた。その門をよじ登って庭を眺めたが、そこはタマネギやリンゴの木を植えた畑ではなく、砂利を敷きつめた並木道といくつもの花壇のある本物の大庭園で、家の裏には松の茂み越しにきらきら光る川が見えた。しかし私を惹きつけたのは、庭よりも——その庭には村の他の場所とまったく趣《おもむき》を異《こと》にする壮大で魔法めいたものがあったけれど——むしろ女の子たちの存在だった。五、六人いて——当時最も著名な人物の一人であるフランスのボーイスカウト連盟の会長の娘たちだったことをのちに知った——伝説の、ふしぎの、あるいは苛立《いらだ》ちの効果を増幅することには、どの子も大柄で、すらりとして、金髪だった。一番上がきっと十八くらい、一番下が八、九歳だった。私は正門の花綱模様越しに娘たちを観察していた。彼女らの視線の先を追い、大庭園を駆け回る姿を追い、歌うような声に耳を澄まし、明るい色のワンピースや麦藁帽やネッカチーフやサンダルに、まるで夢から出てきた娘たちのように、しげしげと見入っていた。そんなものをもう一度見たのはうんと後になって一回きり、映画のなか、ベルイマンの『野いちご』▼8でのことだ。ただし、門の隙間から盗み見た思い出は、迫真性でも持続性でも映画の画面よりはるかに勝っていた。

ぼくらがよく遊んでいた村の子供たちは、むしろ埠頭にいて、低い石垣に腰を下ろし、舷門の役目をしている重い金属板を軋ませながら渡し船に乗り込む小型トラックや乗客の動きを、じっと見ていた。あるいはまた、ぼくらは波止場に繋留された平底船の上を飛び移りながら彼らと合流した。船の上が待ち合わせの場所だった。子供たちはブルトン語で呼び合ったり冗談を言い合ったりしていた。ぼくらはパ、リ、の、連中だった、それでからかいの的になった。けれども、結局は、南仏にいるときほどからかわれることはなかった。何と言っても、ぼくらが彼らに似ていて、彼らの言語でちょっとした文句を言い返せたからだ。その世代はまだブルトン語の環境に生まれており、たとえ公立学校で「お国言葉」——当時ブルトン語はそう呼ばれていた——を話すのは禁じられていたにしても、夏になれば言葉の自由が称揚された。それは戸外にいるための言葉、叫び、罵《ののし》り、悪態をつき合うための言葉だった。もう一つの言語、「パリの連中」の言語をたっぷり三カ月は忘れていられた、それを片隅に、使いかけの教科書やノートといっしょに学校カバンの中に、しまい込んでおけた。

子供たちはみな、両親や祖父母と同様にブルトン語をしゃべった。やがて成長すると、それを使う習慣をなくした。忘れてしまったからではなく、それが子供時代の、昔の、つまり生計を立てたり勉学でよい成績を修めたりする必要がなかったころの言葉だからだ。彼ら全員のことを覚えている、ヤニク、ミケル、ピエリク、イフィク、パオル、エルワヌ、ファンシュ、ソワジクたち、彼らの愛称も、訛《なま》りも、動作も。まるで彼らがそれぞれの家系の最後の生き残りで、別の世界に生まれ落ちたものの、今では変貌を遂げ、医者や弁護士や貨物船の乗組員、港湾責任者ないし水先案内人になっているかのようだ。女の子たちは一家の主婦ないしお祖母《ばあ》さんになっている。彼らは人生のある時点で、フランス人になるために自分の言語を話すことをやめたのだ。

なぜなのか。なぜ彼らは抵抗しなかったのか。なぜブルトン語が彼らを低い階層に追いやり、悲惨ないし無知蒙昧に運命づけると信じたのか。私と同じ年齢の者たち（いっしょに遊んだ少年、少女たちで、ブルトン語で呼び合っていた）は、ブルトン語を学校でしゃべったら、たとえ休憩時間中でも罰を食らったことを覚えている。国民教育省の指針が学校の先生たちによって適用された、彼ら自身がブルトン語をしゃべっていたのに。フランス語は共和国の言語だった。それは変わっていない。最近の政府のいくつかの宣言も、他の地方言語、コルシカ語、アルザス語、オック語に対して同じ敵意をはっきり示している（最も使用者の多い地方言語はクレオール語であるが、未来の憲章▼9にはこれへの言及すらない）。かつてブルターニュ南部の聖職者たちに典礼や説教でブルトン語を放棄するよう強制したのも同じ指針だった。六〇年代には世代交代で当然ながら老齢の主任司祭――サント・マリーヌとコンブリでミサを執り行なっていた教区司祭《ペルソヌ》もその一人で、ぼくらは彼の合唱隊の一員だった――の後任にもっと若い司祭が任じられた。彼らは緑の装束を着て、フランス語で儀式を執り行なった。恒常的な鼻炎に悩まされ、福音書をめぐる説教を中断しては袖からハンカチを取り出し、大きな音を立てて鼻をかんでいた老司祭に比べれば、言うまでもなく彼らのほうが場を引き立てた。

ところが、こうしたことのすべては、変化の兆候であって原因ではなかった。ブルトン語放棄の真の原因をめぐっては、その責任を担っているのはブルトン人自身である。それは当時、ブルターニュ中を吹き荒れ、もろもろの制度を一変させてしまった暴風のようなものだった。その暴風とは、現代的なものへの好みを出自への恥じらいと混同し、先祖の遺産を後進性と同一視し、何世紀も前からときに田舎の人々がそのなかで生き延びることを強いられ、国も国民の一体性に亀裂が走るのを危惧して彼らをそこに留め置いてきた何ともひどい貧窮というものをひどく恐れる趨勢だった（ゴーギャンがポン・タヴァン〔サント・マリーヌの東、約三十キロ〕に住み着いてブルターニュの人々や少女たちを描いた五年後に、タヒチの人々を描くことになるのは無意味なことではない）。

自らの母語（生まれたときにブルターニュ南部で話されていた言語）を放棄した世代は、しばしば戦闘の前線に、とくに田舎の住民に強制された最後の植民地遠征であるアルジェリア戦争に赴《おもむ》いた人々である。汚い仕事、薪拾い▼10をさせるのに、田舎者が必要だったのだ。それはブルトン人とアルザス人だった。

これはおそらく私にとって最も驚くべき変化だった。技術の改善、細分された耕地の統合、土手や凹状道路の消滅、異文化受容と文化的マイノリティ（ブルターニュのこの地域では彼らがマジョリティだったが）のアイデンティティの指標――衣装、被り物、生活様式、祭りや宴会――の消失、そうしたことはすべて無理からぬことで、私は気にとめさえしなかった。しかし一世代どころか十年ほどの間に（私が十五から二十五になる間に）、ブルトン語の調べが、ついこの前にそれを耳にしたいたるところで――子供たちの口からも、公共の広場でも、漁師たちの小舟の上でも、教会でもカフェでも市場でも聞こえなくなったのは、まるで魔法の杖の一振りでもとの住民を別の住民に取り替えたかのように、私には理解できないこと、理解不能であるばかりか不安にさせる事態だった。村々も家々も礼拝堂もそのままだが、何かが永久に消えてしまったようだ。

もしかしたら、私は言語というものを重視しすぎているのだろうか。何にせよ、私自身はブルトン語を話さなかったし、子供時代に覚えたわずかばかりの知識も消えてしまった。ディワン（ブルトン語で萌芽の意）学院▼11の創立は、田舎の家庭で元来のブルトン語が発せられなくなった事態と符合している。まだ完全に消滅したわけではないのかもしれない。今日、ブルターニュ一帯で放送されているブルトン語のラジオを聴いていて、ときどき語り手がフランス語で話しているような印象をもつ。それほど音声が、昔よく耳にした土地固有の歌から、二重母音や、軟口蓋母音や、シュやジュという摩擦子音から隔たってしまった。ブルターニュの歌手、もはやモルヴァン兄弟やゴアデク姉妹のような民俗芸能をじかに受け継いだ人々だけではなく、アラン・スティヴェル（ブルトン語で水源）、ダン・アル・ブラース（偉大な者）または彼の率いるグループ〈ケルト人の遺産《エリタージュ・デ・セルト》〉といった新世代が、ロックと「二重旋律《カン・ハ・ディスカン》」▼12を取り混ぜた音楽を携えて登場したことはおそらく、ブルトン語が生きつづけることの、ジャコバン主義者の検閲が決定的に乗り越えられたことの保証となるのだろう。カンペールやロリアンでの大きな音楽祭の創設は、ケルトの過去を通して人々が一体となる機会であり、そこでは郷愁《ノスタルジー》が重要な役割を果たすだろう。音楽は言葉とまったく同様というわけではなく、ビニウ〔ブルターニュの小型バグパイプ〕であれ、スコットランドのバグパイプであれ、そうした楽器を奏する楽団《バガド》[13]の響きを聴くたびに、かつて何度か、一人の笛吹きが霧に包まれた荒野にあの音楽の調べを響かせた晩に感じたのと同じ戦慄を感じることができる。私の思い出はあの感動と混じっていて、あれほど短くまたあれほど長くもあった子供時代の時間を一瞬取り戻させてくれる。しかし忘れてはならないのは、先の戦争中、ブルターニュの独立をめざしてヒトラーのドイツとの結託に動いたオリエ・モルドレル[14]とロパルス・エモン[15]の曖昧模糊とした理論によって引き起こされた甚大な不幸のことだ。ブルターニュの農民はドイツ軍占領で甚大な被害を受け、彼らの本性に反したこの結託をおそらく許さなかった。「ケルト」の語に関しても、これが、人種差別と外国人排斥で汚されたあの恥ずべき対独協力のあと、ケルト世界で唯一の独立国だったアイルランドへの冒瀆となったことを忘れてはならない。

埠頭の上、渡し船の周囲、それが子供たちの待ち合わせ場所だった。ぼくらは、天候などお構いなしに毎日そこに出かけた。だいたい午後のはじめ、昼食を済ませてまもなくの時刻で、仕事を探す労働者のように集まった。小さな平底船に乗り込んで、河口に釣りをしにいくためだった。ほとんど全員が漁師の息子や娘だった、少なくとも私にはそう思えた。ぼくらは櫂の扱い方、繋留ロープの結び方、釣りの動作をすでに習得していた。ビジエの店で釣り糸――それは「カットグット〔動物の腸から作る〕」とよばれていたが、じつは透明な合成樹脂だった――を二十メートルと、おもり、釣り針を買ってあった。浮きの代わりにコルク栓を利用した。糸を投げ、それから釣り針を突っつくかすかな揺れに注意しながら、ゆっくりと引いた。そのときの魚が餌をかじる感触、糸の先端をやみくもに小さく突っつく感触ほど心地よいものはないと思われた。それは一つの遊びにすぎなかったが、遊び以上のものでもあった。釣り糸の先、暗い川の水深十メートルのところで、命あるものが応答していたのだから。かすかな揺れは一つのメッセージのように、戦慄のように、指のくぼみまで伝わってきた。ほとんどの場合、餌がとれた釣り針を引き上げた。もう一度「餌《ブ》つこ《エット》」をつけ直さなければならなかった。餌は川原の砂から掘り出したゴカイで、それを缶詰の空き缶に入れてあった。ゴカイの頭から釣り針を刺し込み、釣り糸の結び目まで通すコツを覚えるには少々時間がかかった。ときどき糸が川底の水草や石に引っかかり、いわば糸を撚《よ》り継いで新しい釣り針をつけなければならなかった。ぼくら兄弟は大方の子供たちとともに、こうした釣りの遠征に参加した。なかでも特筆すべきは、レーモン・ジャヴリの息子のジャンだ。彼を通じてぼくらは彼の祖父、カドレ爺さんの平底船に乗ることができた。爺さんは往年の漁師だが、ブルトン語しかしゃべらない人で、ときどきぼくらに同伴してくれた。獲物の大半は背びれを立てて粘《ねば》つくハゼで、すぐに海に戻すのだった。しかしときには「ブレゼル」、見事に青光りしているサバを釣り上げた。今は子供がほとんどいなくなった。ときどきヴァカンスに来ている子供たちが、滑稽なエビ獲り網を携えて川原の水に立っている。

当時、ぼくらがまともに知ることもなく賛美していた人は、レーモン・ジャヴリだった。彼についてはだれもが村一番の漁師だと言っていた。悪天候を恐れることなく毎日エビやオマールエビの籠《かご》を引き上げに出かけたからだ。彼の手は硬く、その赤ら顔には深い皺《しわ》が刻まれていた。釣りに行かないときには絵を描いた。海や陸の景色を描いた素朴な絵で、絵葉書を見て描くこともしばしばだった。奥さんのカトリーヌがときどきぼくらを招いて夫の新しい絵を見せてくれた。ずいぶん後になって、もう夏にサント・マリーヌに来ることもなくなったころに、娘のロズリーヌが書いた美しい本を読んで、レーモン・ジャヴリがグウェナエル・ボロレ[16]所有のヨット、リノット三号の船長として生涯の大半を船旅に費やしたこと、アメリカやタヒチまですべての大洋を渡ったことを知った。それをだれにも語らなかった、自慢話をすることもなかった。航海しないときには、ごく当然のこととして、漁師の生活に戻るのだった。彼は当時の船乗りや漁師の単純で真正な英雄性を、彼らの独立心を、工場や手仕事で生計を立てる鮮魚加工業者への侮蔑を代表していた。彼らはあの時代の生ける象徴、無用な大言壮語も権利主張もしない象徴、自立的で本物のアルモール[17]の文化の最後の代表者である。

今日、その何が残っているだろうか。現代は独立不羈《ふき》の人間に有利な時代ではない。おそらくモルビアン湾やサン海峡には、つむじ風や突風のなか、船を出して釣り糸を投げる漁師がまだいるだろう。しかしそうした人々は例外となった。いま話題にしているのは私が十歳のころだが、サント・マリーヌでも、サン・ゲノレでも、ロクチュディでも、ル・ギルヴィネック[18]でも、そんな生活を送る人々が大勢いた。沿岸一帯を結び合わせる勇気と胆力の時代だった。

どうしてあの時代は消滅したのか。あれほど短い期間に（一九五〇年代と七〇年代の間だ）何かが硬直し、退潮し、消滅してしまい、いくばくかの痕跡を残したにすぎない。木造船の残骸、漁網の残り、そして浜辺には浮きとして使われていたガラス玉。

一九八〇年代に沿岸一帯を襲った漁業の危機のことはもちろん話題になる。当時、技術畑の行政官たちが練り上げた欧州連合法が昔ながらの生活様式を行き詰まらせ、ブルターニュの漁師たちが船を捨てて缶詰製造の労働者になるように奨励され、昔はあれほど活気に溢れていた港が倉庫と化し、やがて眠り込んだようにひっそりしてしまった。漁師たちはたしかに抵抗しようとはした。一九九一年、彼らはレンヌのブルターニュ議会まで行進し、パリから派遣された憲兵隊や共和国保安機動隊と戦った。その年には議会が焼かれさえして、大革命期のようだった。それでも彼らは大方消えてしまった。そしてトロール船による大量漁獲で魚そのものも消滅した。

ル・ドゥールのおかみさん

思い起こせば優しい気持ちになる女性、それはぼくらが毎日牛乳をもらいに行っていた農家のおかみさん、ル・ドゥール夫人だ。ケルガラデク〔サント・マリーヌの南部地区。ベノデ湾に面するケルモール海岸に近い〕のはずれの、海から遠からぬところにある、花崗岩の壁と藁葺き屋根をもつ昔風の小さな農家に住んでいた。名は聞いたことがない、結婚前の姓も知らない。皆がただ、ル・ドゥールのおかみさんと呼んでいた。彼女は、ブルトン語とフランス語を混ぜて、ビグーダン地方▼19特有の歌うような抑揚で話すのだった。ごく小さいときからいろんな言葉に関心をもった兄▼20は、彼女と話すことで地域のブルトン語を習っていた――のちに兄は、夫人の方言があまりに古くて、理解できる者がほとんどいなかったことを知るのだが。彼女は何を語っていたのだろう。ブルトン人はだれもがそうなのだが、過ぎた日の天気や、これからの天気に興味を示した。彼女が話すのを聴きながら、雨や雲に関わる言葉を覚えた。雨《グラヴ》、雨水《グラオ》、どしゃぶり《グラオ・ビル》、篠突く雨《グラオ・スタンク》、こぬか雨《グラオ・シル》。しとしと雨《グラオイエ》、霧雨《アイレン》……。「雨はおとといから降りやまない（グラヴ・ア・ラ・バオエ・デルッレント・デール）」のような、ことわざ風のでき合いのフレーズも。霧の話をするときも、彼女の語彙は同じく豊富で、「海から蒸気が立ちのぼり、松の頭をちょん切る（アル・ラタル・ルセン・リステン・アル・クブレグ・ブルメン・ア・ライオ・エン・ノズ）……」

ル・ドゥール夫人の家へ牛乳をもらいに行く、というのは口実だった。その牛乳はもちろん、ビジェの店の容器から注がれる牛乳よりもおいしかった。それにビジェの牛乳が水で薄めてあることは周知のことだった。ぼくらは毎夕、すっかり日が暮れないうちに荒野を横切って、砂丘を背にハリエニシダの茂みのなかにポツンと立つ、まるで妖精の住処《すみか》みたいなその小さな家に行くのがとても好きだった。到着すると、大きな部屋に入る前から、牝牛たちの温かいにおいがした——冬には、家の壁に穿《うが》たれた窓を通って、牛小屋の熱気が流れてきた。家に入りながら目をかっと見開いたものだ、ランプはなく、日が暮れると夫人が灯す石油のケンケ燈があるきりだったから。うす暗がりのなかで重たい木のテーブル、腰かけ、鍋といった物が奇妙な光芒を発し、暖炉近くの奥の壁にくっつけて、銅の飾り鋲《びょう》を打ったボックス・ベッド▼21が二台置かれていた。一つは夫人と夫のもの、もう一つは二人の養女のものだった。床は踏み固めた土間で、天井に渡された煙で煤《すす》けた梁《はり》と梁の間に屋根の藁束の裏面が見えた。幼少期の一部をアフリカのナイジェリアで過ごしたぼくらには、それは簡素には見えなかったが、ここブルターニュでは、ドレが挿絵を添えたペローの童話▼22から出てきたように、古い時代のほとんど魔法のような魅力を醸《かも》し出していた。「貧しさ」という語は当たるまい、時間の流れから取り残され、現代世界から忘れられた場所という感じがした。そう、一枚のデッサンのなかに入ったような。

ル・ドゥールのおかみさんは、小太りのがっしりした体つきでいつも黒い服を着てエプロンをかけていたが、伝統的な衣装をまとうことはなく、シニョンに結った髪にはレースの奇抜な被り物の代わりに昔風の黒いビロードの小さなリボンをつけていた。木靴を履いていたが、玄関で脱いでフェルトのスリッパに履き替えた。旦那さんを家で見かけたことは一度もない。農場労働者で、いつもすり切れた服を着て、踵《かかと》がすり減って泥だらけの靴を履き、頭にはアイルランド風のハンチングを被り、どちらかというと華奢《きゃしゃ》な男だったが、酒を飲むと粗暴になった。フランス語はひと言もしゃべらなかった。家の前の地面に寝そべり、酔っぱらいの眠りを貪《むさぼ》っているのを何度か見た。ぼくらは彼を跨《また》がなければならなかった。彼のほうからはけっして言葉をかけてこなかった。ぼくらを怪しい者を見るように睨んだ、彼の家に出入りするよそ者の子供はぼくら兄弟だけだった。

ル・ドゥール夫妻をミサでは一度も見かけなかった。二人はおそらく、当時大勢いた共産主義者の仲間だったのだろう。それは農民一揆やふくろう党[23]から受け継いだ、古い革命的伝統だった。この地域では、中世末期に百姓たちが領主全員を絞首刑に処したことがあった。十七世紀の「赤帽子一揆[24]」を機として、ビグーダン地方では王権による血なまぐさい圧政が敷かれることになった。思い出すのは祖父のことだ。モーリシャス生まれの人でパリに住んでいたが、休暇を過ごしにきていたところをドゥワルヌネ〔カンペールの北西約十八キロ〕の港で労働者たちにはげしく詰め寄られたという。悪口雑言を浴び、唾を吐きかけられたそうだ。医者で上品な人だったから、工場主に間違えられたのだろう。

ル・ドゥール家には女の子が二人いた。十《とお》か十二で、ほぼぼくらと同じ年ごろだった。年下のほうがジャネットという名でやせて色が黒く、もう一人のマリーズのほうが大柄でがっちりとした体つきに整ったきれいな顔立ちをして、美しい髪をシニョンに結っていた。

二人ともル・ドゥール夫妻の養女だったが、孤児院が農家の夫婦に養育を託したのかもしれない。毎年夏に彼女たちに会い、いつも変わらないという印象をもった。すでに大人のようにませた様子で、サント・マリーヌの他の子供たちの遊びにはけっして加わらなかった。それでもぼくらと散歩することは了承した。二人ともフランス語をちゃんと話したが、二人だけでひそひそ話をするとき、にやにやしながらぼくらをからかうときだけは別だった。どちらかと言えば奇妙な関係だった。二人は貧しい少女、百姓の一家に拾われた捨て子だった。一方ぼくらは、むしろ未熟で、甘やかされた人生を送っているよそ者の少年、旅行客、パリの連中。想像するに、少女たちにしてみれば、休暇中の二人の少年は自分たちにはないすべてを表していた、エリアスのおかみさんの店で飴玉を買うための数フランにすぎないにせよ、小遣いをもらい、真新しい服を着て、とりわけ実の両親がいた。この最後の点こそは、少女たちに対するぼくらの優位を確固たるものにしていた。

ぼくらはいっしょに遊んだわけではない、まともに話をしたのでもない。少女たちはまるで別の世界で育ったかのようで、そこでは子供は笑わず、楽しまず、とても早くから畑や家の仕事を覚えた。鋤《すき》で土を耕し、洗濯物をもみ洗いしてきたために、少女たちの手にはすでにたこができていた。ぼくらはあの子たちと接するうちに、波止場の坂にいた少年たちから習ったように、ブルトン語を習うこともできたはずだが、おそらくはブルトン語でぼくらに話しかけることを禁止されていたのだろう。逆に、自分たちのフランス語を改善し、しかるべき作法を身につけるよう厳命されていたのだろう。

だがこの点でぼくらはよい先生ではなかった。晴れた日には浜に水浴にいった。少女たちは服を脱がず、砂に腰を下ろしてぼくらのことを眺めていた。二人はたぶん泳げなかった、それに水着をもっていなかった。水辺に近寄ってきたら、ぼくらは水を引っかけた。それは意地悪さの混じる遊戯になった。少女たちははだしで海水のなかを歩いた、ぼくらはきゃあと叫ばすために冷たい水を引っかけた。しかし少女たちは叫ばなかった。また近づいてきて、ぼくらはまた水をかけた。やがて遊戯は粗暴の度を増し、むごいものにすらなった。私は楽しさと恥ずかしさの入り混じる奇妙な感情を味わった。二人の少女は浜の上のほう、脱衣室の陰によく腰を下ろした。ぼくらは彼女たちの肩と頭が覆われるまで何度も砂を投げつけた。少女たちは逃げようとはせず、身を屈めて膝を両腕で抱え、目と口を守るために両手のなかに顔を埋めていた。

そんなことも、きっと少しは少女たちを楽しませたに違いない、毎週土曜と日曜に農家の仕事の手が空くと、またそこにやって来たからだ。毎年夏に、ぼくらは彼女たちに再会した。二人はぼくらが年ごろになる以前に出会った恋人であり、ぼくらがなぶり者にする恰好のカモであり、そしてぼくらの女友達だった。二人については曖昧な記憶しか残っていない。ジャネットはとても青い目をして、髪はジプシーのように縮れ、肩はやせていた。大きいほうのマリーズは、そのすべすべとした美しい顔立ちと、大柄の体つきで、すでに大地の女の何がしかを体現していた（二人の名には何らブルジョワ的なものはなかった。母が親しくしていたロクチュディ在住のいくつかの家族のなかの、商人や歯医者の娘であったアニエス、シャンタル、カミーユらの名とは無縁だった）。水辺で遊んだあと、ぼくらは少女たちを農家まで送っていった。ル・ドゥールのおかみさんはクレープのおやつを用意してくれていた——今日見かけるような塩味の中身を詰めた薄焼きのクレープやそば粉のクレープ《ガレット》ではなく、小麦で作った厚くて重たい、砂糖もバターも入れない本物のクレ《クラン》ープ《プーゼン》と、お碗に注いだ生ぬるいリンゴ酒《シードル》だった（冷やしたリンゴ酒はアメリカの発明に違いない）。幼少期に食べたものはどれもそうだが（祖母の家の女中マリアが作ってくれたニョッキ、あるいはナイジェリアのオゴジャ〔「子供と戦争」の註23を参照〕で食べたフフ〔芋、トウモロコシ、雑穀をつぶして湯で練った、餅に似た食べ物〕や落花生のスープ）、このクレープの味やその熱々の厚い生地、炻器《せっき》の碗に注いだリンゴ酒のタンニンの味は忘れない。煙の立ち込めた薄暗い農家で、牝牛たちのにおい、開いた扉から差し込むかすかな日の光、食器棚に積まれた皿やボックス・ベッドの菱形やばら模様を象《かたど》った飾り鋲を照らすケンケ燈の反射、それにまた水を引っかけられたり髪に砂を投げられたりしたひどい仕打ちの仕返しとばかりに少女たちが立てる間の抜けた笑い声に包まれながら味わった、甘いと同時に野生的な飲食物だった。

路上にて《ワー・ラン・ヘント》▼25

黎明期のそれのように旧式で重たい自転車に乗って、凹状道路を行ったものだ。コンブリで自動車修理工場を営むコナンさんから毎年夏に貸してもらう自転車だった。シダやハリエニシダに覆われた左右の高い土手（「アル・クルジウー」――ブルトン語でのぼくらの姓だ）の間に落ちくぼんだ道は、畑や茂みを横切って延びていた。ときおり、自転車のタイヤの下の地面が振動しているのを一瞬早く察知して、自転車を乗り捨て、土手の高みによじ登って、角を突き出して今にもぼくらを踏みつけんばかりに速足で進む牝牛の群れをやり過ごすのだった。けれども牝牛たちは愚かではなく、自転車をよけて前進した。

サント・マリーヌとコンブリの間をポン・ラベの方角に網目状に延びている道を、ぼくらは松林や牧草地を横切って当てもなく進んで行った。そうした道が小さな集落と集落を、ぽつんと立つ農家と農家を結んでいた。「耕地統合」はまだ始まっていなかった。その激変は大農場主を肥やし、小農民を消滅させ、息たえだえの経済を、今日「農産物加工業」と呼ばれるものへと変容させた。旅行者やヴァカンス客がそれを嘆くのは容易だが、多くの田舎の住民にとってそれは赤貧に終止符を打つものだった。かつて年老いた百姓たちが、人生の最期に至って、貧民の養老院に閉じ込められないようにわれとわが身を投げた井戸の話を、人々は今も進んで口にする。花崗岩と藁葺き屋根の小さな農家は別荘となり、そこで成長した子供たちは工場で働くために故郷を捨ててパリに向かった。

そう、ブルターニュの伝統的な百姓の暮らしを懐かしんではならない、たとえその記憶が、もう二度と戻ってこないもののほろ苦い味を残すとしても。あれほど美しく編まれた藁葺き屋根、手斧で彫られた梁、回収した流木を細工した野地板、斑岩のように固くして光沢を出すために羊の血を混ぜて踏み固めた土間、巨大な煙突、それに積み重なった時代の底から現れ出たような戸棚、ボックス・ベッド、テーブル、長椅子、ウェディング・トランクなどあのような途方もない家具、食器棚の釘に引っかけられた砂岩質の茶色い陶土の皿、また、煤けた両手鍋、クレープを焼く鉄板、ブルトン人、スコットランド人、ゴール人に共通の食べ物であるカラス麦の粥《ユード》を炊くための片手鍋。今日の農家は、時の流れのなかに難破したようなこうした残骸とは無縁だ。磨いたナラ材の時代物のテーブルに合板製のテーブルがとって代わった——一時、訪問販売員が素朴な農民を言いくるめて、博物館に展示できるような家具と安ピカ物を交換させたとさえ言われた時期があった——そうして現代風の安楽が一般化した。ただ、ときおり、執拗に居座る思い出のように、古い振り子時計や婚礼のスプーンや彫刻を施した長持が、往時の生活を呼び起こそうとするかのように、現代風の暮らしのなかから出現する。

だれの所有でもない、イノシシやノロジカやキツネやアナグマの住む森を、いくつも横切りながらくぼんだ道を行くと、最後にはオデ川のほとりに出る。一度、遠出の道すがら、トビネズミの子供を見つけ、上着のポケットに入れた。そいつは昼間ずっと、私の机の上に置いたダンボール箱のなかで寝ていたが、夜になると活発に動き回り、とうとうテーブルから落ちて首の骨を折ってしまった。

唯一の街道はポン・ラベに通じる県道で、そこからはカンペールに向かう国道が分岐していた。その道路は当時とても狭く、そこここに落とし穴やくぼみが散在していたので、そうした障害物をよけるために曲がりくねっていた。通行量はあまり多くなく、通りかかるわずか数台の小型トラックやバスは坂道で難渋した。ぼくらも勾配があまりに急なところでは自転車を押して上がり、それからポン・ラベのランブール教会に向かう長い下り道を全速力で駆け下りた。今日そんなことをする子供がいたら、命の危険を冒さずにはいまい。今では、ビグーダン地方の街道の大半は国道となって、そこを自動車は時速百キロで飛ばし、視界がよくないところでもいわば無意識にいきり立って追い越し合う。

坂のふもとに着くと、文明の（ポン・ラベの町の、という意味だが）最初の形跡をしげしげと眺めたものだ。白と赤に塗られたルノー社の大きな醜い修理工場だった。今なら容易には見つけられないだろう。町の周囲は店、倉庫、仕入れセンターといった建物の侵入を受け、どれにも巨大な文字が記され、何列もの吹き流しや小旗に囲まれている。それで、町は拡張したのに小さくなったような印象を受ける。ビルの平らな屋根の上方に教会の頭部の欠けた塔を探したところで見えるまい。かつてあれほど独自なものをもっていたフランスのこの地方で、最も変わったのはおそらくこの点だ。村と村の間の未開地は減り、造成され、広告の文句や名前がいたるところにある。スーパーマーケットの存在を告げるボード、道路上の標識、ロータリー交差点、バイパス、信号の灯。

通行人はどこへ行ったのか。ぼくらが自転車でポン・ラベを横断していたころには、人がいたるところを歩いていた。村々では街路も広場も歩行者でごった返していた。老いも若きも、労働者も乳母車を押す母親《ママン》たちも、ぼくらのような子供も、五、六人のグループで街路沿い、野道、四辻、いたるところにいた。

とくに自転車に溢れていた。たしかに中国ほどではないが、いたるところで目にした。電動自転車ではなく、オフロード車でもなく、モーターバイクでもなかった。変速器などなく、黒光りするペンキを塗り、クロムメッキをかけた荷台か模造皮革のサドルバッグのついた、旧式の重い自転車ばかりだった。ロッドブレーキ、ライト用のダイナモ、反射鏡。年をとって歩くのが辛い老人も、黒いドレスを着て帽子をかぶった婦人も、だれもが自転車に乗っていた。道の端を走り、野菜やその他のものを入れた籠、布袋をいくつも運んでいた。坂が急すぎる場所では降りて押していた。また、土手に腰を下ろして一服吹かしながらおしゃべりをしていた。まだスタンドが考案されていなかったので、自転車は地面に倒されていた。盗難防止装置もなかった。ポン・ラベやカンペールでは、ぼくらは店の前の壁に自転車を立てかけた、だれもがそうしていた。家の庭の入口でも同じだった。自転車を馬や牝牛のようにつないでおくことはだれも考えなかった。船を、つまり高潮のときに浜に引き上げた船を繋留しないのと同じく、自転車をつなぐことはなかった。だれが、どこにいくのに自転車を、船を盗んだりしようか？　家の扉を施錠しないこともしばしばだった、私はポケットに鍵を入れた覚えがない。

コスケ城

毎年八月半ばに、コスケ城で祭りがあった。そう言うと陳腐に聞こえるが、それは私がよそでは経験したためしがない祭り、夢の祭りだった。コスケ（ブルトン語で「古い館《やかた》」の意）は、コンブリへ行く街道沿いの牧草地の真ん中の松林に隠れていた。おとぎ話に出てくるような城で、ヴィオレ＝ル＝デュック▼26にとって大切な中世様式の白い幻想のようだった。先が帽子のように尖った櫓と銃眼を備えた塔で飾られ、化粧漆喰《しっくい》や塔の上部装飾《フリーズ》が彩りを添え、一連の窓や明かり窓を見せていて、湾曲した石の手すりのついた階段を上がったところに縁枠の備わった扉が一つだけあった。かつて無作法者や革命家に焼き払われた館の亡霊にも似た、装飾過多の、凝《こ》りすぎて現実離れした城だった。その家主もまた、古き時代の生き残りのような婦人だった。モルトマール侯爵夫人といい、十字軍にまで遡る一家の末裔だった（その名は『聖書』の塩辛い海、死海[27]と、エルサレム王国[28]を想起させた）。

祭りの日を除いて、城に近づくことはできなかった。遠くから、木々の幹の隙間越しに、森の影のなかの白い幻影が見えるだけだった。だが八月のその日は、夏の熱気のなか、侯爵夫人は屋敷の扉を開け、付近の住民は、百姓も漁師も、ぼくらのような旅行客も、白頭巾をつけたシスターたちも、館のなかに入ることができた。野原では、福引、子供向けの遊び、おやつ、みの虫競争、ブルトン相撲《グーレン》[29]の試合、ボンバルド〔ブルターニュのダブルリード笛〕とビニウと小太鼓《バガド》のオーケストラの音楽などが催されていた。

侯爵夫人は姿を見せなかった。あまりに高齢なのかもしれない、祭りが窓の下で繰り広げられているのに、ずっと城のなかにいた。入口の真上の二階の窓に夫人の姿を、白くてかぼそいシルエットを見かけたようなぼんやりした記憶がある。

夫人は近隣のだれからも尊敬されており、伝説によれば、戦時中、将校たちを寝泊まりさせるのに彼女の城を徴用したドイツ軍に抵抗したという。司令部に反抗し、侵入者たちと起居を共にするくらいなら、城を去ってカンペールの親族のもとに身を寄せるほうがよいと考えた。征服者たちとの同居を拒否すること、それは老婦人が唯一示しうる英雄的ふるまいだった。それでコンブリの人々は彼女に感謝した。

この夏祭りを、ぼくらは何があっても逃さなかっただろう。ときどき、夕方にかけて、八月の嵐がそれを終わらせてしまうこともあったけれども。一帯の畑は刈り取りが終わっており、藁の熱気がぼくらを酔わせ、有頂天にさせた。ちくちくする藁のなかをぼくらは子供たちと駆け回った、すると雲霞《うんか》のごとき蚊の群れが宙に舞った。シスターたちの乗るドゥー・シュヴォー▼30が畑を横切って走っていた（映画がド＝フュネスとともに何を発明したわけでもない、現実の光景だったのだ）▼31。男たちはグループをなしてブルトン相撲や、小円盤《パレ》を投げる遊び▼32を眺めていた。吹奏楽が演奏され、ラウンドスピーカーなどなくてもビニウやボンバルドのかん高い音をしのいで響き渡った。正午ごろには野外ミサがまるで贖罪の儀式のように執り行なわれたが、コンブリの年老いた司祭はそれには関与しなかった。町の若い神父がフランス語で説教をし、信徒たちは賛美歌を歌った。ブルトン語で「聖アンナ様《イトロン・サンテー・ザンナ》……」と歌う者もいた。やがて午後になると、ハムやソーセージとクレープの軽食がふるまわれ、ゲームやコンテストや格闘技など祭りが再開された。そして日が暮れるとダンスパーティが始まったが、ぼくらはもう自転車で帰路についていた。

そうしたことすべての中心には侯爵夫人の見えない存在があった。二階の寝室にとどまり、祭りのざわめきを聴いていたのだが、そのかぼそい古風な姿で今にも出現し、ぼくらに向かってにっこり微笑《ほほえ》むのではないかと、窓のほうを眺めたものだ。

だれがあれを思い出すだろうか。二十年後、私はコスケ城を見たいと思った。おとぎ話のような城は消え失せていた。森を背に、どっしりした質素な花崗岩の古い農家が一軒残っているだけだった。侯爵夫人はずいぶん前に亡くなり、相続者たちは維持費のかかるあのばかでかい白い建物を消滅させることを望んだのだ――相続者の一人は軽蔑交じりに私を非難した――「何ですって、あのケーキのように白く塗りたくった城が懐かしいと？」新しい道路の敷設で、森は一部侵食され、かつて子供たちを夢中にさせた領土が縮んだように思えた。わずかに野原と松の木立がそこここに残るばかりだ。今どきのドライバーたちの視線にあの城の幻影が立ちのぼることなどありえない。

サント・マリーヌ、それは水のにおいだ（朝鮮語で香り《ヒャンス》はまた郷愁《ヒャンス》を意味する）。港の傾斜面で、渡し船の出航時に、波止場沿いに、辛子《からし》と、酸と、腐敗物と、植物質のえがらさ、それに釣り餌や重油が混じったにおいが漂う。それから水の色だ。満ち潮のときには暗く、引き潮で砂州が現れるときには透明でほとんど黄色に近づく。子供たちがブルトン語でしゃべっていた釣りに関する言葉が思い出せない。わずかに数語が浮かぶだけだ。「艪で進む《ア・パオレヴ》」、「釣り糸を投げる《クロッグ・エオ》」、「釣り針《ヒゲン》」、「釣り餌《ブエド》」、魚の脳みそをナイフの先で突き刺さなければならないときには「銛で突く《ア・トレアン》」。だが、フランス語にせよ、ブルトン語にせよ、およそ言葉は、大河の流れを漂流する感覚、渦巻が起こす揺れ、日差しの反射や水のざわめきを語れない。平底船に侵入すれば空き缶で掻き出さなければならず、空中でも埃《ほこり》のような霧雨となってぼくらの服を湿らした大河の水。眠りの川《ステル・アル・ソレン》のように、夢み心地でぼくらを運んでいき、時を横断させてくれたあの滔々《とうとう》たる水。

刈り取り

暑さの話もしなければならない。

八月（ブルトン語では「刈り取りの月《ミ・ゼウスト》」）には、岸辺に向かう道の地面がぼくらの素足の下で硬く、焼けるように熱かった。昔、ナイジェリアで暮らしたことがあったが、そこでは日差しが紅土《ラテライト》に亀裂を入れ、乾かすのに干してあった泥の壺を焼けるように熱くするのだった。ブルターニュでは砂丘の砂がアザミの種をたくさん含み、ぼくらは駆け回って砂丘のなかにわざと倒れ、砂埃が立ちのぼるのを眺めた。

夏の真っ盛りに、刈り取りが人生の一大事のようにいっせいに始まるのだった。おそらく今日でも変わっていないだろう、フランス中の田舎の道路を原動機付きの重機が動き回り、飛行機のそれのようなタイヤに乗っかった巨大な機械が、バリカン状の刈り取り歯、馬鍬《まぐわ》、掻き板を装備して、前進しながら麦をなぎ倒し、また緑やピンクのビニールで包んだ藁の輪を裸の畑に撒《ま》いては超現実的な光景を作り出す。当時（一九五〇年代）サント・マリーヌでは、かつてロックビリエール村▼33付近の山中で見たような鎌での刈り取りは行なわれなくなっていた。最初の原動機付き刈り取り機は十九世紀末、アメリカに出現し、そのあとすぐヨーロッパにも現れた。ブルターニュでは先祖伝来の農法に機械がとって代わった。馬の利用や牛耕は過去の思い出のなかに追いやられた。サント・マリーヌでは借りてきた刈り取り機を何台も使って、刈り取りはコンブリ村周辺の畑でたった一日のうちに行なわれた。脱穀は、ケルガラデク地区のコセック家のような、大きな農場で行なわれた。それが一つの祭りだったと言うだけでは真実にそぐわない。それは一大事件であると同時に、試練であり、闘いでもあった。雨で穀粒が発酵しないように、すべてをたった一日で終えなければならなかった。周辺の畑で刈り取られた麦は複数の家族のもので、トラクターが引く放下車《トンブロー》〔荷台の後部を傾けて積載物を降ろす荷車〕で農場まで運ばれた。農場では、中庭の真ん中に、革のベルトで発動機とつながれた脱穀機が、鉄と木でできた記念物のように高々と据えられていた。それは古めかしいと同時にすばらしく巧妙にできていた。機械のばかでかさが古めかしいと同時に、装置全体がモーターのおかげで駆動している点で現代的だった。

どうしてぼくらは刈り取りが始まることを知ったのだろう？　侯爵夫人宅の祭りと同じく、本能的にわかったのだ。それが毎年の行事で、何があっても見逃すまいと思っていたから。おそらくは、地域一帯の畑で刈り取りをするトラクターの唸《うな》りに注意を喚起されたのだろう。当時は（今もコート・ダルモール県〔ブルターニュ北部の英仏海峡に面した県。県庁所在地はサン・ブリヤック〕ではそうなのだが）、麦畑が海の手前の砂丘のラインまで広がっていた。刈り取りの興奮にだれもが捉えられた、ぼくらのような観光客でさえそうだった。刈り取りに先立つ日曜日には、コンブリの年配の司祭がブルトン語での説教の最後に、信徒たちに好天を祈るよう促した。村中の人々が刈り取りの話をしていた、だれもが心待ちにしていた。百姓であれ、漁師であれ、商人であれ、老いも若きも、そのときを待っていた。

それは朝早くに、刈り取った束を積んだ放下車を引いていくトラクターの往来で始まった。正午少し前に脱穀機の原動機を動かしはじめた。今日、昔風の脱穀を描いた絵を見ても、私の思い出にはじつのところ合致しない。遠い昔の、民間伝承的なものに見える。あの労働者的側面、あの民衆的エネルギーがないのだ。子供だったからかもしれないが（それに、すべての子供と同じく、機械的な玩具に魅了されていた）、脱穀機はぼくらの目に巨大で、強力で、ほとんど威嚇的に映った。それは中庭の地面に据えられ石の塊《かたまり》で固定された土台のうえにそびえ立つ櫓のようで、そこからぎざぎざの歯の付いたベルトコンベアが延びて、麦の束を脱穀機の口まで運び上げた。モーターの音、油のにおい、櫓の振動、麦の束を運んでいくベルトの階段のぎくしゃくした動き、そうしたすべてが魔法めいた眺めだった。男たちは機械の周りで立ち働いていた。放下車のなかに立ってフォークで麦を取り出す者がいれば、櫓のてっぺんで身を屈め、脱穀機の口に向けて麦の束を押し込む者もいた。すると麦粒は機械の足もとに流れ落ち、働き手たちはそれを熊手で地面に搔き均《なら》した。藁は反対側に落ち、大量に押し固められ、それから結わえられて、やがて積み藁の山となった。その光景は騒々しく、荒々しく、農場の中庭の真ん中から雲のような埃が立ちのぼっては、地面も屋根も人の衣服も覆い尽くし、目がちくちくして咳《せき》が出た。働き手たちの大半は帽子を被り、なかにはカウボーイのようにネッカチーフで口を覆っている者もいた。騒音、せわしなさ、麦の埃の鼻を突くにおいが記憶に残っている。ぼくらは子供、南仏からやって来た都会っ子、のちには休暇中の中学生だったが、あの熱気、農村世界の熱狂から抜け出すことはできなかった。ぼくらも何かをひしひしと感じていたように思う。

それは歴史や地理の授業では教わることのできないもの、ぼくらを遠い過去につなぎ直してくれるもの（何しろ、モーリシャス島に向けて発つまでは、ぼくらの一族は完全に農民の世界に属していたのだから）、いやそれをも越えて、人類の過去につなぎ直してくれる何かであった。

　刈り取りの祭りは晩まで続き、夜になっても延長された。ケリュエル館を出て、農場の方向に歩いていったのを覚えている。中庭の真ん中でまだ明々《あかあか》とともる灯りが雲のような埃を照らしているのを眺めるため、脱穀機のベルトを動かすガソリンエンジンの執拗な咳払いめいた音を聴くためだった。心ならずもケリュエル館に戻らなければならなかったが、麦の穂を呑み込んでいたあの巨大な機械の光景が頭のなかで震えやまず、その夜は眠ることができなかった。

夜の彷徨

ああした夏の夜は、満天の星を戴《いただ》き、じつに静かだ。なかなか寝つけない。すべての神経が震える弦になったみたいだ。それで起き上がり、食堂で仮住まいする祖母を起こさないよう、そっと二階の窓から出る。外に出ると、砂丘に通じる道が月明かりで白く塗ったように見える。ときどき突風が吹きつけるが、松の針葉がこすれる音にかき消されることなく、かすかな、遠い、エンジン音のように切れ目のないざわめきが、ただし生命をもつような規則的な音が、自分の息と首の動脈で脈打つ鼓動に混じり合う呼吸のようなものが聞こえる。

こわくはない、こわがっているわけではないと思う。家並みが途切れると、浜のほうにリンゴ畑が連なり、左側には税関に通じる小道が荒れ地に入り、海岸沿いに岬の方向に延びている。昼間はよくこちらにやって来ては、引き潮で現れた水たまりのところに行き、カサ貝やエビを獲って浜で焼いて食べる。夜になると、潮の様子などまったくわからず、水たまりも見えず、沖合は月光を浴びて光っている。磯波の音に耳を澄ます、それが立てるにおいは暗闇のなかではいっそう強烈だ。波から伝わる息だ。荒れ地のにおいもする、胡椒《こしょう》を撒いたような鼻につんとくるにおいだ。見えない軟泥のにおい、それにもっと強烈なにおい、沖のにおいがする。それには塩、海藻、深い断層、岩礁がそっくり含まれている。月明かりを横切るように星が光っている、水平線のすぐ近くでまたたいている。しかしまた、籠を引き上げるのに停止している漁船の灯りも混じっている。そうしたおびただしい明かりを眺める。人間が灯した明かりもある、グレナン諸島の灯台、イル・チュディ方面のブイ、そして松の梢《こずえ》の上方に断続的にまぶしいほどの姿で現れては雲を背景に木々を浮かび上がらせるコンブリ崎の大きな灯台を眺める。どの灯りもそれ独自のリズムで長いこと、あるいはほんの一瞬光り、私には灯りが発する言葉がわかるように思え、安心すると同時に不安にもなる。夜の海に関わるものはすべてそうだ……。肌寒い。ショートパンツに半袖シャツの軽装で、素足にサンダルを履いている。だれもいない、夜も海もがらんとして、黒い空には雲一つない。漁師がいるとしても、向こうのほうだ、霧に隠れて見えない。パンマールかサン海峡のほうだ。野道を行くと、藪のなかで不意に足音が聞こえる、囲いの外に出してもらった牝牛たちが野生のリンゴを探しているのだ。ハリエニシダの茂みに滑り込もうとして、用心していたのに遠くの農家の飼い犬の注意を呼び覚ましてしまった。犬どもは私に向かって吠えている、それとも月明かりのせいで頭がおかしくなったのか。巨岩の上の、ハリエニシダに覆われて風の当たらない場所に腰を下ろす。クロアリがいくつもの列をなしている、けっして眠らないのだ。海の音と、風のにおいと、星と月の明かりで体を膨らませようと深呼吸をする。

ある日の夕方、まだ日が暮れきっていない時刻に、兄と私はビニウの音に惹かれて、徒歩で村の外に出る。だれかが端《はな》で吹いている、石と石板《ローズ》で建てられた番屋のほうだ。風が吹きつけるなか、ビニウの嗚咽《おえつ》のような調べが高まったり沈んだりしている。なぜか、吹いているのはドイツ人観光客だとぼくらは想像する。村から遠く離れて、まるで挑むように吹いている。そのころぼくは、ロバート・ルイス・スティーヴンソン〔一八五〇—一八九四〕のすばらしい小説『さらわれて』〔一八八六年〕を読んだ。若い清教徒のデイヴィッド・バルフォアが伯父の憎しみにつきまとわれ、オリヴァー・クロムウェルの時代の革命の嵐が吹き荒れる英国を彷徨する話だ。デイヴィッドが、逃亡の道連れアラン・ブレックとキャンベル一族の家長の一人でロブ・ロイの息子のロビン・オイグとの、バグパイプの競奏という形の決闘に立ち会うくだりを思い出していた。二人は有名な曲を次々と演奏し、結局アランが屈服せざるをえないのだが、そのとき彼は敵に向かって言う、「ロビン・オイグ、君は極悪人だが、ぼくは君と同じ国で演奏するに値しない！」

ぼくらは、謎めいたビニウの演奏の主に近づいてはいかなかった。風に運ばれてくる音楽に耳を傾けていた。そして音楽が止むと、無言のまま村のケリュエル館に戻った。この土地の永遠を宿しているのはあの音楽だと思う。もちろん世界は変わった、習慣や衣装をすっかり取り換えた、自らの言語さえ少々忘れてしまった。だが、ある晩、あそこ、あの荒れ地で、風が吹き、雨が降るなか、犬が吠えないように民家から遠く離れてだれかがビニウを吹けば、消え去ったかに思われていたものが戻ってくるだろう。

コロラドハムシ《ドリフォール》

この虫の名は、ギリシア語の「槍」doryと「もつ者」phorosからなり「槍をもつ者」の意である。ところがこの虫には槍などなく臆病だ。しかしそこかしこに侵入してジャガイモの葉を食うもので、一九五〇年代のブルターニュの農業の一部門をそっくり壊滅させかねなかった。この害虫に対処するため、猫や子供たちへの、また地下水への悪影響を顧みることなく、おびただしい量のＤＤＴ（ディクロロ・ディフェニル・トリクロロエタン）〔有機塩素系殺虫剤〕が散布された。アフリカでぼくらはこのうえなく恐るべき虫のいくつかを間近に見ていた、畑や家屋を横切ってわが物顔にまっすぐな道筋を描いていく獰猛《どうもう》な戦士である好戦アリや、絨毯《じゅうたん》の下に潜《ひそ》んでいるのを見つけられてはアルコールをかけて焼かれるクロサソリや、とりわけマラリアを伝染させる蚊である。▼34 ブルターニュはぼくらに驚くべきものを一つ用意しておいてくれた。今や消滅した黄金虫《こがねむし》の類《たぐい》ではない、酒倉の暗がりのなかを這《は》うワラジムシでもない。それは日差しのなか、いくつもの大群を成して生息する黄色と黒の模様をもつ虫で、背中が規則的な十本の帯で飾られ、道路上も、庭も、牧場も、垣根も、場所を選ばず動き回る。ときには、あまりに数が多すぎて、数少ない車が通りがけに虫たちを轢《ひ》き、タイヤの痕《あと》を残していくことがあった。ぼくらは恐れをなしてもよかったはずだ。しかし逆に、コロラドハムシはサント・マリーヌでの生活の興味深い新たなメンバーのように思えた。ある日の午後、かなり長い時間、戸外のそれも道端に腰を下ろしてその虫たちを観察し、飼い馴らそうと試みたのを覚えている。一種のサーカスを編み出し、虫たちを主要な（いや唯一の）見世物にしてやろうと心に決めていた。虫たちが一個の軍隊を形成しているからには、彼らを兵士にしたかった。環状のルートを作り、けっしてぶつかり合うことも互いに馬乗りになることもなく、縦列を成して並足で進むすべを教え込もうとした。数年の間、私は夏が来るたびにこの小さな群衆を支配した。手のひらや前腕に、微細な爪を備えた虫たちの脚が這い回るかすかにくすぐったい感覚は今も忘れない。ときどき事故が起き、つぶされたコロラドハムシの腹から無臭の白い汁が滲《し》み出した。だが私は、ハエの翅《はね》をむしり取ったり、クウィルこと、黄金虫の脚を糸で縛ったり、さらにひどいことには、サント・マリーヌでよく見かけたように、トゥゼッグ（ヒキガエル）を扉の縦材に挟みつけて破裂させるといった、子供たちが通常行なう嗜虐的な遊びに耽《ふけ》ったことは一度もない。いっとき、サーカスの最も優れた兵士たちをマッチ箱に入れてサツマイモの葉を餌に与えたことがあった。ローマ人たちもまさにそんなふうに剣闘士を養っていたのだろうと想像される。円形闘技場に虫の兵士たちを解き放つと、彼らは駆け回ることに酔いしれているようで、それまでよりも速足が巧みになったと思われた！その他にも、橋を越えたり、アーチを横切ったりといったほかの芸当もさせようと試したが、虫たちは単純に障害物を回避してよしとするのだった。かなり奇妙なことに、翅を開き飛翔して逃げ出そうとする虫は一匹もいなかった。あるいは虫たちはそのように条件づけられていて、自分たちの仕事をすることを好んだのかもしれない。

大人になってからブルターニュを再訪し、コロラドハムシを探したが見つからなかった。アメリカからやって来たこの侵入者は――十九世紀にサツマイモの積荷とともにコロラドから持ち込まれ、この塊根《かいこん》が食される土地のいたるところに、つまりアメリカと西欧に広がったのだが――容赦のない撲滅キャンペーンの結果、完全に消滅した。人類はあの名だたるＤＤＴを使い（あるいはラウンドアップという名の、新参の殺虫剤を使い）、槍を備えた圧縮機の助けを借りて――実際には槍をもつのはそうした機械のほうだった――コロラドハムシを粉砕してしまった。子供たちにはそうした事情はよくわからないが、コロラドハムシの不在は、私にはとても大きな空白に見えた。というのもそれはまた、卵から幼虫へと、そしてああした成虫《イマーゴ》に、翅が生えて不器用な、貪欲だが攻撃的でない、背中にローマ教皇庁のスイス衛兵のお仕着せをまとったあの小さな生き物に至るまでの、命の一サイクルがそっくり消滅したことを意味するからだ。おかげでジャガイモはよく育つようになったが、ブルターニュの大地には何かが欠けている、ひょっとするとあの色彩効果がなくなったにすぎないのか。麦畑の真ん中にあった、これまた無益なヒナゲシが消滅したのと同様に。

戦争

戦争の痕跡を私はいたるところに見ていた。ぼくらは、ある面ではなおも戦時を生きていた。それは子供時代が大人の世界に参入することで終わる、およそ十歳から十二歳の結局はきわめて短い期間なのだが、そのころのことを思い出すと、ブルターニュは今日私の目に映るのとはずいぶん異なる意味をもつ。ブルターニュ、とりわけ母が何よりも愛していたビグーダン地方、母が父から求婚され、兄を産み、ニースで私が生まれて三カ月後に疎開のために戻ってきたものの、ドイツ軍司令部が居住者以外のすべての人間を追放しようとしたときに心ならずも去らなければならなかったその地方は、戦争と廃墟の土地だった。たとえ私にその時期の記憶がまったくなく、私の最初の思い出がわれわれの疎開していたニースの後背地にいっそう結びついているとしても、その事情に変わりはない。

おそらく母は、本当の故郷に帰るような気持ちで帰ってきたかったに違いない。第一次世界大戦中、幼年期の一部を過ごしたのはブルターニュであったからだ。やがて二十歳になると毎年夏に戻ってきた、ドゥワルヌネやサン・ミシェル・アン・グレーヴ▼[35]、とくにロクチュディで両親とともに休暇を過ごすためだった。従兄と結婚したあと、プールデュ▼[36]で新婚生活を送るため、ライタ川〔エレ川とイゾル川がカンペルレで合流後、海に注ぐまでの新たな名〕で水浴をするため、父が買ってあった小舟をこぐために、この地を選んだ。砂浜に立った二人の写真がある。父は漁師用の粗布《あらぬの》のズボンをはき、母はエプロンドレスを着て、二人とも木靴を履いている。父がアフリカに向けて発つ前、戦時中の数年間の残酷な別離の前に、ともに過ごした幸福のひと時だ。

戦争の痕跡を私はサント・マリーヌでたどった。五〇年代には荒れ地にまだ掩体壕《えんたいごう》▼[37]がいくつも残り、浜の白砂のあちこちにモルタル壁の残骸や錆びた減速通行標識があった。干潮時に露出する洲には、ときどきカーキ色に塗られた豚肉や凝縮ミルクの古い缶詰が見つかった。ある日ぼくらが海辺に着くと、子供たちが群れていた。近づいてみると、信じがたい、怪物的なものが見えた。緑がかった黒い色をした不発の浮遊機雷で、カニの脚のように多数のとげに覆われ、そこに海藻の切れ端が引っかかっていた。浜辺の穏やかさのなかに刻印された死のしるしだった。時を置かずに憲兵たちが到着し、機雷撤去班が雷管を外す間、子供たちは砂丘の陰に行って隠れていなければならなかった。

サント・マリーヌでは、ブルターニュの住民が投げ入れられた茫然自失状態が完全に消えることはありえないかのように、戦争伝説が流布していた。恨みに恐怖が混じっていた。人々が理解できないまま共有していた何か、ひなびた地方における異国人の存在、記憶の混乱ともいえる事態だった。プーラン▼38方面で起きた、私のように夜間に外出した少年をめぐる奇妙な話が流布していた。海岸沿いの掩体壕にいたドイツ軍の見張り番が少年に向かって「何者だ?」と叫ぶ。少年は逃げる、しかし銃弾が当たり、片脚を負傷する。ドイツ兵は少年のところに来て、負傷しているのを見て近くの農家に運び、荷馬車を調達して少年をポン・クロワ〔プーランの南西約十キロ〕の病院まで連れていく。しかし同じ場所で、別の見張り番が密猟をしていた農夫に向かって銃を撃ち、殺してしまう。

四〇年四月、私たち（母と兄と私）はニースにいる、私が生まれた町[39]だ。五月にはブルターニュに戻る。[40]父はカノ〔ナイジェリア北部の町〕からメルセルケビール〔アルジェリアの地中海に面した港町〕に向かうサハラ砂漠縦断を試みたがうまく行かず、戦争が長期化し多くの人命を奪うことになると確信した。それでわれわれ家族をイギリス経由で南アフリカ行きの船に乗せる計画を立てた。父が知らずにいたのは（その点ではフランス人自身も同様だったが）、ポン・ラベに疎開していた母が、わがフランス軍がマルヌ前線で勇敢に敵を阻止しているというラジオ放送を聴いていたまさにそのとき、台所の窓からドイツ軍兵士が街路を行進するのが見えたということだ。

それは彼らの勝利の瞬間だった。母は、敵方にへつらったという非難などだれからも受けようがないが（たとえ「ドイツ野郎」という蔑称をけっして口にしようとしなかったとしても）、ブルターニュの街道を行く侵入者たちのことをのちに話してくれた。それは子供同然の非常に若い男たちで、上半身は裸で日に焼け、どこか楽しそうだった。今日〈死者の湾〉[41]でサーフボードにまたがっているのを見かける若者たちに似ていたのかもしれない。彼らにとってそれは戦争の終わり、いわば長いヴァカンスだった。彼らは攻撃的でも無礼でもなかった。ブルターニュは彼らにとって聖杯《グラアル》の地だった、彼らは塹壕で、あるいは幌付きのトラックに折り重なるようにして西に延びる道を走っている間、それを夢みていた。ブルターニュとは、あらゆる戦争の終わりだった、それより先には行けなかったから。四〇年の夏のことだ、すでにドイツの破滅に向けてすべてが始まっており、ある日、やつれ果て、血の気を失い、飢餓に苛《さいな》まれ、連合国軍の爆撃とレジスタンス側が仕かけた罠におびえながら撤退しなければならなくなるなどとは、彼らには思いもよらなかった。母には他にたとえようがなかった――大部分の占領地域と同様にブルターニュでも、男たちは囚人だった。彼らの消息は何もわからなかった。東部戦線で何が起きているかも、ユダヤ人に対して行なわれている迫害のことも、闇市でのいかがわしい手管も、パリで共産主義の災厄を根こそぎにしようと決意した善良な「愛国主義者」たちの密告についても、何もわからなかった。牛乳や野菜を手に入れにいく道すがら、ドイツ軍兵士たちとすれ違うときに母が見たのは、彼らが若者特有の無頓着と無邪気に溢れた男たちであることだった。それで母は早くも彼らの悲劇的な運命を推し量っていた。

のちにポン・ラベのドイツ軍司令部に呼び出され、蔑《さげす》むような態度の将校から、乳呑児《ちのみご》たちと体の弱った親族の年寄りたちを連れてとっとと立ち去るよう申し渡されたとき、彼女は幻想を捨てなければならなかった。母に流刑の命令を下した将校はこう付け加えた、

「あんたたちはもう十分ブルターニュにいたじゃないか。これからはわれわれが楽しませてもらう番だ」。ブルターニュを去るのは、母には楽園からの追放のように思えたに違いない、彼女の愛するものすべてがそこにあったから――それに、立ち去ってどこに行くのか？　パリに行ってももはやお金はなかった。すべてをなくしてしまっていた。南に向かうしかないが、その場合には生命を危険にさらしながら、混乱状態にある国を縦断し、ガソリンが足りるかどうか不確かなまま、古いおんぼろ車で、とくに二人の赤ん坊――下のほうはまだ乳呑児だ――を連れていかなければならなかった。しかもそれは、私たちを一艘の漁船に乗せてイギリスに渡らせ、そこから、世界のなかでも戦争という狂気のない地域に向かわせようという父の夢に終止符を打つことにもなった。

　しかしドイツ軍司令部の命令には議論の余地がなかった。有無を言わせないものだった。それで母は古いポンコツ車に食糧や衣類を積んで出発した。

海へ

夏の暑さのなかでは、海は冬めいた一世界の記憶のようだ。五〇年にアフリカから戻ってきたとき、ぼくらが体感したのは――地中海以前に――あの海だった。もちろん、泡の水浴をしたナイジェリア街道沿いのタコラディ湾のことは忘れていた。海といえばブルターニュの海を思ったのはなぜだろう。ひょっとしたら、私が泳ぎ方というものを本当に学んだのがあの海であったからかもしれない。それまでは海のなかを難儀して歩いた、さもなければ、アバカリキ〔ナイジェリア南東部エボニー州の州都で、住民の多くはイボ族〕の地方総督のプールで、トラックのタイヤのチューブに浮き輪のようにつかまって漂うに任せていた。泳ぎ方を教わったのは、十歳のころ、ジャージー島のサン・トゥーアン▼42の浜辺だった。サント・マリーヌの海と同じく、激烈で、予想しがたく、干潮時には水平線まで引いてしまう海だ。ぼくらは波打ち際まで前進していったが、やがて不意に潮が満ちてきてぼくらを取り囲んだ。それが押し寄せてくるのがわからなかった、九月の秋分の大潮のころのことだ。寒くて、空も海も灰色だった。潮風が吹きはじめ、突如くぐもった雷鳴のような音とともに、寄せ波のラインが近づいてきた。浜辺での子供の遊戯にすぎなかったものが、不安を掻き立てるものに変わった。そのころ祖母の書棚に見つけたささやかな教化的小説『カモメの岩』[43]を読んだ、今では忘れられた小説である。海は固い砂のうえにいくつもの舌を伸ばし、徐々に水たまりに侵入して、あちこちで一つにまとまり、力を増し、ついにぼくらは二人とも砂の孤島の上に取り残された。海に捕らえられたのだ。兄は私より大きいのですでに入り江を渡り、向こう側で待っている。来いよ、と合図している。しかし私はためらう。岸は遠く、霧でぼやけている。それに岸から自分を隔てる潮流は激しくなり、波の動きに従って急流のように一方向に流れては、やがて逆方向に流れる。意を決しなければならない。私は冷たい海水に入る、まずは腰まで。と不意に足が着かなくなり、流れに運ばれる。プールで教わった泳ぎ方の平泳ぎなど何の役にも立たない。水から頭を出して、両腕と両手で水を掻きながら、息も継がずに、子犬みたいに泳がなければならない。それから時をおかず、両足が砂に触れるのを感じる、膝をついた姿勢で砂浜の勾配を上っていく、流れから逃れたのだ。耳がひりつくような寒風のなか、硬い砂のうえを走っていく、岸のほうに駆けていく。はじめて泳いだ、はじめて力を感じた、勝利を感じた。ぼくは泳いだ、ぼくは泳げる、これはけっして忘れないだろう。私は十歳。海が潮流をどう渡ればよいかを、進むべき道筋を教えてくれた。サント・マリーヌ、ムステルラン〔オデ川をはさんでサント・マリーヌの対岸ベノデの南東に広がる白砂の海岸〕、トルシュ崎〔七八頁以下を見よ〕、どこに行っても、ぼくは水の流れを渡り、滑り、飛ぶことができるのだ。

引き潮

海辺の子供たちは皆そうなのだが、私も潮が引いているときにいろいろな秘密を知った。サント・マリーヌでは浜辺に行くのに潮位のことは考えなかった（たとえ、ブルターニュでヴァカンスを過ごす大人たちにとって満ち潮こそ、砂に温められた海水と、泡で包みながら転がしてくれる波のなかでのすばらしい水浴を意味したとしても）。私がコンブリ崎方面の海に出かけたのはむしろ干潮のときだった。そこは建造物がなく、堤防もなく、黒々とした荒涼たる地区で、巨岩が転がる平原が毎月二度あらわになるのだった。水底をむき出しにするこの引き潮には、何か奇異なもの、ほとんど猥褻なものがあった。月に二度の大潮には、海があまりに遠くまで引いていくので、大洋の最深部に触れられるように、ジュール・ヴェルヌの小説〔『海底二万里』〕の潜水夫たちさながらに海底を歩けるように思えた。海藻に覆われた鋭く尖った岩礁の間を、水たまりの水がイソギンチャクのせいでところどころ血色に染まっているように見えるくぼみ伝いに進んでいく。命あるものが震えている黒い穴があれば迂回する。私の興味を引くのは貝でもエビでもない。一つの夢の底を歩いているみたいだった、埋もれた財宝や怪物たちと遭遇しにいくかのようだった。

　私はそうしたものには出くわさなかったが、ある生き物のもとをよく訪ねた、ただし本当に対面することはなかった。一番遠くの水たまりは――大きな水たまりというよりむしろ湖のようだった――海のすぐ近くだったので、波が押し寄せるたびに周囲の暗礁に跳ね上がり、こちらに飛沫《しぶき》を飛ばしては、脚の周りに滝のように流れ込む。すると一匹のタコが隠れ家からなかば身を乗りだして私を探す。タコはそっと触手を伸ばし、私の素足を探る。その姿は見えない。じっと動かずにいて、タコのかすかな感触が足の指に触れる感覚を待っている。タコはただ、私と出会い、私だと確認したいだけだ。空の光を受けて、煙のような色をしたタコの腕がとても穏やかに水底を浮遊しているのが見える。タコは私のことを知っている。私が来るたびに腕を出して触れてくる。最初は少し不安だった、きっとタコのほうでもそうだっただろう。地中海のニースで（潮の干満は顕著ではないが）、漁師たちが浜辺で一匹のタコの皮を剝《む》き、裏返して窒息させているのを見たことがある。タコは足を絡《から》ませ、墨だらけになって、日差しを浴びて光っていた。死につつあったのだ。ここブルターニュでの干潮時には、私は自分のものではない世界にいる。それはタコや魚たちの世界であり、人間の世界ではない。だれかが鉤《かぎ》で引っかけてタコを隠れ家から引っ張り出し、皮を剝いて裏返してしまいかねないと思う。だから、私の秘密はだれにも言わない。女の子たち、マリーズとジャネットと歩いて釣りに出かけるときには、タコのいる水たまりからできるだけ離れたところに連れていく。それは私の秘密の場所だから。干潮時に一人でやってくる場合には、いつもの水たまりに入っていく。すると軽やかな触手が穴から滑り出てきて、私の足を触り、くるぶしに巻きつく。こちらが動くと触手は収縮する。風と海のざわめきのなか、私は身動きせずにいる。今日も、明日も、一生の間。遭遇は可能なのだ。

コンブリ崎に引き潮が残した水たまりには、どんな水族館も見せてくれたことのない魔法があった。においを発するあの黒く神秘的な水は、海と陸の間に宙づりになった生命、今や姿を現した諸大陸を征服する冒険に乗り出さんとする太古の生命の、目に見える起源だった。まるで思いがけない出会いをしようとしているかのように、私はそのつど胸をどきどきさせながらそうした水たまりに近づいた。そこでは釣りをする気など起きなかった。小エビ獲りの網はばかげたものに見えた。風がさざなみを立てる水面の下に、鏡越しに見るように、自分の知らない何かの出現を待ち構えていた。動物か、植物か、それともどちらでもあるものか。眺めていたのは、とりわけイソギンチャクだった。ほんの少し触れただけで体を収縮させ、赤みがかった硬い管に変貌するのだった。ふたたび体を開くと、その花冠は真珠色やオレンジ色の花となって広がった。鏡の向こう側から私を見つめているようだった。その周りには見知らぬ微細な生き物、幼虫やら透明な甲殻類やらが不規則に動き回っていた。おそらく私は、一個の閉じた世界、完璧な世界の観念に惹かれていたのだろう――タコが岩穴にしがみつき、穴のなかに引きこもって、日に二度の上げ潮の猛威を生きながら、他の何をも必要としない世界という観念に。やがて潮が引くと、括約筋やもろもろの筋肉を弛緩させ、群れなすムール貝やカサ貝と同じく日差しを浴びてかさかさと軋むような音を立てる。

子供は大人と同じく捕食者である。大きな水たまりに数人で入り（村の子供たちと、または二人の娘たちと）、ぼくらは小エビやカニを獲った、カサ貝を岩から引き剝がした。風から守られた海岸の一隅で、乾いた藻と流木に火をつけ、少々錆びた古い缶詰の空き缶に海水を入れ、獲れたものを料理した。海藻のヨードや重油のにおいはしたが、あんなにおいしいものを食べたことはない。まるで海を食べているようだった。

トルシュ崎

ブルトン語で「小高い丘の端《はな》」、あるいは好みで、形の類似から「クッションの端」と解することもできるベッグ・アン・ドルシエン。この世で海の美しさが際立つ場所があるとしたら、ここだ。サント・マリーヌからここに向かう道は延々と続くように思えた。母のおんぼろモナキャトルは、旅に備えて新たに車輪を取りつけられ、始動クランクではなかなか動き出さないので村の子供たちに押してもらったのだが、西の方向に向かう路上では縦に横にがたがた揺れた。当時はアスファルト舗装された道路がほとんどなく、あちこち凹《へこ》んでいたので（両親は「穴ぼこ道」と呼んでいた）、あたかも戦時中の最後の爆撃の痕をいまだに留めているようだった。

ポン・ラベとサン・ジャン・トロリモンを過ぎると、サン・ゲノレへの道は岬の上を太陽と海の方角にまっすぐ延びていた。トルシュ崎に到着したときには驚いた。何も生えない荒野には風に背を向けて数軒のずんぐりした農家が点在し、小柄な老人のようにしなびて捻《ね》じれ、背を屈めた木々と、タマリスの生垣がある。リンゴ畑や緑の野原が広がり、ピンクの薔薇や青い紫陽花の小庭に囲まれたレンガ造りの粋な藁屋根の別荘が立ち並ぶサント・マリーヌのどちらかといえば瀟洒な田舎からやって来たぼくらは、蛮地に足を踏み入れたような印象をもった。

　トルシュ崎は海を切り拓《ひら》く船の舳先《へさき》か、なかば難破し破損した黒い漂着物のように見えた。ぼくらのような戦争を潜《くぐ》り抜けた子供にとって、その場所は、今ではもう消失した一つの意味をもっていた。小高い丘の頂《いただき》にドイツ兵が建てた小要塞《ブロックハウス》の残骸が残っていた。当時は、ドイツ兵が石を積み上げ、土の堡塁を覆って石塚にすることで、その場所を先史時代のモニュメントに見せかけたのだと言われていた。のちになって、現実は逆で、彼らがモニュメントを利用して小要塞を隠蔽したことを知り、驚いた。人はそこに足を踏み入れなかった。こうした場所の多くがそうなのだが、小要塞の内部は茨《いばら》でふさがれ、開口部からは小便や黴《かび》のにおいが漂ってきた。私にとってそこは呪いの魔術の場所、妖精の城▼44とは正反対の、戦争と死の場所だった。ぼくらは涙目になってしまうほどの突風に突き飛ばされながら、海の力を感じ、花崗岩の台座に打ち寄せる波の音を聞いていた。岬の端の両側の地平線は波しぶきに煙っていた。泡は大きな塊となって舞い上がり、荒野を駆けた。ここトルシュ崎の、あの戦争の痕跡、浜辺の砂に座礁した小要塞の上部のちぎれた黒々とした土台を載せて海に突き出た先端に立つと、またジグザグ通行のための錆びた鉄筋コンクリート製障害物の置かれた砂丘に立つと、ラ崎やヴァン崎で感じる以上に世界の果て（ペ・ナル・ベート）▼[45]に来たと実感した。

　トルシュ崎は頻繁に再訪した。サント・マリーヌよりも頻繁に訪れたのは、あそこは変わってはならないと考えたからかもしれない。ブルターニュに来るたびにあの岬を訪れるのは、戦後五年時点の思い出を呼び戻すためだ。世界は早々に変わっていく。今の子供たちがトルシュ崎に来ても、目にするのは別のものだ。サーフボードに乗って長い波のうえを鳥のように滑り、巨大な凧《たこ》にぶらさがってかつては致命的と言われた逆波の上空を散策しさえする。けっこうなことだ、戦場など忘れてしまうがいい、ドイツ軍がロシア人やポーランド人の奴隷を使って築いた要塞の残骸など知らずにいていい。私にはそれはできない。海の輝きのなか、雪のようにまぶしい泡の広がりのなかに、〈歴史〉の暴力が、暴力と奸計が見える。そして青銅器時代のモニュメントの荘厳な遺跡のうえにはいつだって戦争という巨大な鱶《ふか》の、化石化した黒い牙を認める。

宗教

南仏からフィニステール県にやって来るのは、地理的環境や気候を変えるだけでなく、世界を変えることだった。南仏（ニース）では宗教や伝統がブルターニュより希薄なわけではない。南仏にも子供たちが何も疑問に思わずに本能的に参画する儀礼がそっくりたしかに存在する。ただしそれは、地中海的なキリスト教、ローマ・カトリックであって、それに付随する装飾、豪奢、身ぶりといったものをすべて含んでいた。古代ラティニウムの神殿やユダヤ教会堂に似せて造られた金張りの壮麗な教会、常軌を逸した祭礼服、戸外で繰り広げられたああした祭り――その間、信徒たち（洗礼志願者のぼくらもその仲間だった）は何時間も、「アヴェ……アヴェ……アヴェ・マリーイーア！」と拡声器が大音響を立てるなか、幟《のぼり》や移動天蓋や聖体顕示台や吊り香炉を携えて行進した。港では、漁船（当時はまだ何艘か残存していたが今では消滅した）の祝別式が執り行なわれたが、欄干に肘をついた共産党員たちがあざ笑うような目でからかいの言葉を投げかけていた。

サント・マリーヌでは宗教はもっと控えめだった。サン・ヴォラン礼拝堂（この名は観光客を喜ばせるのに架空の聖女の名に変えられ、サント・マリーヌ礼拝堂と呼ばれている）での日曜朝十時のミサは家族の儀式だった。細長い内陣には町の住民の大方が収まった。男は濃紺の三つ揃いを着込み、女はビグーダン地方特有の衣装をまとって丈高いレースの被り物をしていた。不変だが根拠のない命令に従い、礼拝堂内では男は大人も子供も身廊《しんろう》の右側に座り、女は左側に座っていた——男に優先権があるのか、それが礼儀に適っているのか、あるいは習慣なのか、いつだってそんなふうだった。

ミサの前には、着席する信徒たちがざわつくなか、黒い服を着た小柄な老女が列から列を回っていた。料金を徴収する貸し椅子係だ。前から三、四列は籐《とう》張りの椅子に肘当てクッション付きの祈禱台が備わって、最も高かった。次の数列には祈禱台の代わりに一風変わった木製の長椅子が並んでいた。安い後列には腰をかける長椅子があるだけだった。老女には他に収入減がなく、貸し椅子料で生計を立てていたにちがいない。料金を受け取るのと引き換えに、椅子の藁座の手入れをしたり長椅子の埃を払ったりする務めを負っていたのだと思う。椅子は小さくて軽く、肥えた農婦たちの目方と、子供たちの落ち着きのない動きのせいで、ミサの間中ギーギーと軋んでいた。それでもミサの雰囲気は敬虔で、ニースの子供たちのように言い争いをしたり聖体奉挙《エレヴァチオ》の際に大きな屁を放ったりする無作法を目の当たりにすることは一度もなかった。

中央通路の反対側では、女性たちが信心深くミサの進行に従っていた（大方はミサ典書を携えてはいなかった、読めないからだ）。しゃちこばった衣装に身を包んで背中をしゃんと伸ばし、ラテン語の答唱を歌い、となえ、祈りはブルトン語で反復していた。反対側では男の子たちが女の子たちを見つめ——彼らが見つめ合う週に唯一の機会だった——、長い赤毛をシニョンに結い上げた娘たちは、物腰も被り物も人形みたいだった。

ミサに来ていない人々もいた。漁師のなかには教会に来ない者がかなりいた。日曜にはブルーのきれいな背広を着てハンチングを被っていたが、それは船着場のカフェに行って政治談議をするためだった。

ぼくら（兄と私）はよく、白い襟の付いた緋色の合唱団の子供服を着込み、ドーデの物語にあるように、いきり立って鈴を振ったので、とうとう年老いた司祭が手で合図して黙らせるのだった。

それは一つの時代の終わりであるとともにもう一つの時代の始まりだったが、ぼくらは何も知らなかった。それがいつまでも続くように思えた。聖サンソン、聖チュディ、聖ロナン、聖イヴ、聖チュグデュアル、聖ゲノレ、あるいは石造りの船で英仏海峡を渡った聖コノガンらアイルランドやウェールズの聖人たちが、アルモリカ〔ブルターニュを含む古代ガリア北西部の古称〕にキリスト教を普及させにきた草創期以来それが果たしてきた役割を、当時のブルターニュの教会はなおも担っていた。それはローマ風というよりも依然として修道院的で、荒野のエニシダのなかに誕生した権威主義的で保護者然とした教会であり、信徒は修道士の周りにグループ分けされ、司祭が法と教養の保持者だった。祈りも悪霊祓《あくりょうばら》いも、忠告も、弔辞も、病人を癒す祈願も、すべてが司祭の職掌に帰した。ブルトン語の祈りや、賛美歌や、画趣や観光客の好奇心とはほとんど無縁の伝統的なパルドン祭▼46とともに私の幼少期に消滅しつつあったのは、まさにそうした世界だった。

ブルターニュは例外ではない。フランスのどこにおいても宗教はより合理的で秩序立ったものになった。ニースでは、自動車の流れを妨げるという口実のもと、もろもろの行列や海と船の祝別式は市役所から禁止された。ブルターニュでは、私が青年期に差しかかり訪れなくなっていた間に、教会には人けがなくなり、礼拝堂は閉鎖され、放置され、美術館や別荘に改造されることもあった。伝統あるブルターニュの司祭は、ときに他の地域、他の大陸からやって来る巡回司祭に変わった。司祭の金色の上祭服は緑色に変わり、祭壇の向きが劇場さながらに会衆と向かい合う形にするために逆向きになった。神父も修道女も、非信徒を不快にさせないよう、装束を捨てて平服を着用するようになった。人里離れた場所（たとえばドゥワルヌネ近くのプーラン村〔註38を参照〕）にあるいくつかの教会では、花束で飾られた礼拝堂で、もっぱら女性たちによって執り行なわれるミサに立ち会いさえした。それはちょっと信じがたい大胆さであったが、だれもそんなことには気づいていない様子だった。

歴史以前に

ぼくらはラテン的、地中海的世界の子供だった。地中海岸でオリーヴの木やイタリアカサマツや鉢植えのゼラニウムを見慣れて育ったことが、ぼくらにフランスの他の地域の住民への漠とした優越感を抱かせた。パリの灰色の風景のなか、石炭ストーブの噴煙のなかで、ウェルギリウスを読むことなどどうしてできただろう?

けれども、毎夏、ブルターニュのサント・マリーヌでぼくらの確信は覆された。それは風のせい、霧雨のせい、上げ潮や引き潮のせい、嵐のせい、またはごく単純にリンゴ畑や荒野のせいだった。

荒野というものの見分け方をぼくらは学んでいた。何よりまずブルトン語によってだ。

ブルターニュで荒野《ラン》といえば、どんな荒れ地をも指すわけではない。それはハリエニシダに覆われた地表を意味する。灰緑色の毛皮が地面を覆い、人の住まないあらゆる場所をわが物にしてしまう。それが人の手で植えられたものだとぼくらは知っていただろうか。輓《ばん》馬《ば》や家畜の餌になるこの植物を刈り取ったあとで運ぶダンパーを見た覚えはないし、農家の中庭でこれを小さく刻む手動の機具を見かけた覚えもない。きっと戦後にはもうなくなっていたのだろう。岸に打ち上げられた藻を運搬したり除草用の鍬を引いたりするのに荷車につながれた馬（力強くてどっしりしたブルターニュ種だ）はまだいた。だがそれらを所有するのは、わが道を行くことをやめない、頑固な、または金のない、百姓たちだった。神とも崇められた馬（トリスタンとイゾルデの伝説に登場するコルヌアイユ王にその名を授けたマルク種）は何千年も前からケルト世界に君臨したが、まさに機械化のせいで姿を消した（アルザスでも同様だった）。戦時中にはエンジン用燃料が欠乏したから、おそらくこの馬による牽引方法が再利用されただろう。

荒野を覆うハリエニシダ、それはその経済には不可欠な植物だった。夏の終わり、エニシダが黄金の花弁を開き、ヒースがピンクや赤の花をあたり一面に咲かせるころ、ハリエニシダは黄色い花の眺めを見せてくれる。沿岸の土地では一種の野生の育生が発明された。

ただし、いかなる人間社会のためのものでもない。それはウサギのため、ノロジカのため、キツネのための土地だった。さもなければ、今日では消滅した別の人種のための土地だった。オーディエルヌ湾〔ビグーダン地方の西に接する〕方面の、あるいは牝馬崎《ジュマン》〔ドゥワルヌネ湾南岸〕の絶壁沿いの荒野を何度も歩き回るうちに、本で読んだイメージ、たとえば雨後の荒野がデイヴィッド・バルフォアと道連れの逃亡者アラン・ブレックにもたらす驚嘆を描くロバート・スティーヴンソンの一節が理解できた。どしゃ降りの雨のなか、藪を走ってクロムウェルの兵士から逃れ、二人は突如、崖っぷちに荒野を発見する。ハリエニシダとシダの間をレース模様のようなきらきら光るせせらぎが流れている。二人はその美しさに驚嘆して立ち止まる。

そうした野生、いや私としてはむしろ奇異と呼びたいが、ある日パンマールの近くで、荒野の真ん中に花崗岩の船のような大きな平石を見つけたときに、それを実感した。まるで先史時代の人類が残した不思議なメッセージのような幾何学的な線が多数刻まれていた。ほどなく、そこが単に石器を磨く場所だったことを知った。道具も人間も消えたが、磨き石はハリエニシダの宝石箱にはめ込まれたようにして、一万年前にそれを使った人々が遺したままだった。時は不変という印象、そこで諸世紀が触れ合い、人が指で時間に触れることができるという印象を受けた。

神秘

これこそ、ブルターニュで過ごした幼少期からもち続けている最も永続的な感情だ。ある意味で、アフリカの自然が宿す魔法に通じているからかもしれない、稲妻をはらむ嵐やオゴジャのわが▼47家の屋根に滝のように降る豪雨の烈《はげ》しさに、カメルーンとの国境地帯のオブドゥ街道の巨木が作る穹窿《きゆうりゆう》に、サバンナに白アリが作る塚の圧倒的な奇異さに。

ブルターニュには荒々しい海や雨風があり、また日によっては焼けつく日差しがある。寂しい入り江に巨大な石がごろごろ転がり、あちこちに洞窟が穿たれて波が砕け散っている。荒野にはときに巨石がぬっと現れる――メンヒルだ――、ブルトン語の真の名はプルヴァン、石柱の意である。そんな巨石記念物のあるところならどこへでもぼくらは出かけていった。落雷によってか人間の手によってか、割れてしまった巨大メンヒルを観にロクマリアケール〔モルビアン湾西側河口に位置する〕に行った。高さ二十メートル、三百トンもある巨石だ。カルナック〔ロクマリアケールよりも西、キブロン湾に面する〕では天井石や古塚に登ったし、おびただしい数の石柱の間で遊んだ。ロクチュディには海に沈んだメンヒルを観にいき、ガヴリニ島〔モルビアン湾内の小島〕では手漕ぎの舟で海を渡って地下神殿まで行った。その内壁には同心円模様が刻まれており、ガイドが言うには、神殿を建造した人物の指紋を象《かたど》っているということだった。ドルメンの花崗岩に耳を当ててそこから発される震動を聴いてみたのを覚えている。実際に聞こえたのだ！　ただならぬこと、信じがたいことに思えたのは、こうした大昔の建造物そのものではない。それはブルトン人がある日この地方にやって来て神々に受け入れられたということ、彼らが神々を敬い、ときに怖れ、神々が自らの領域に彼らが住みつくのを許したことだ。それはきっと私がよそ者だからだろう、父のモーリシャスと、先祖のブルターニュと、幼少期を過ごしたニースの間を転々とし、ほっつき歩いて、どこにいても自分の場所にいる感じがしなかったせいだろう――だから世界を前にしたときのあの奇異の感覚、あの当惑、あの流謫《るたく》があった。空に向かってそびえる石柱、龍のうろこにも似た木の葉で覆われた並木道、ハリエニシダのなかに横たわる船といったものは告げていた、お前が知っている世界以前にもう一つの世界があったのだ、お前は通りがかりの存在にすぎないのだ……と。

　ぼくらは源泉へと立ち戻った。今日なら遠足に似通ったものだろう。だが当時はおんぼろ車に乗り込んでの一大遠征だった。朝早く出かけてカンペルレ方面をめざして走り、ついで内陸に向かってポンティヴィーまで遡行した。そこは海岸から遠く離れたもう一つのブルターニュ、いくつもの狭い谷の先に広がる緑の片田舎だった。村というよりは集落で、何となく親しみ深い響きのするジョスラン、ル・スチュモー、ル・スタン、ケルヴァンといった名前を冠していた。いくつもの街道を通ってル・クルジウーの村に着いた。そここそぼくらの発祥の地だと、何の確証もないのに父は決めてかかっていた。ぬかるんだ中庭を囲んで立ち並ぶ農家は、要塞家屋▼48めいていた。「親戚の子供たちにあいさつしなさい」と父は言ったが、ぼくらはそんな気にはなれなかった。男の子が二人、農家の入口にじっと立ち、闖入者《ちんにゅうしゃ》を見るようにぼくらから目を離さなかった。ぼくらと同い年か近い年齢だろう。みすぼらしい身なりに、木底靴を履き、まぶしい日差しに目を細め、そのせいで赤ら顔が幅広に見えた。子供たちの一人の鼻が水洟《みずばな》で汚れていたのを覚えている。ぼくらが何より驚いたのは子供たちの頭髪だった。硬い髪の毛をおかっぱに刈り込んで、まるで栗色のたてがみの分厚い兜《かぶと》を被っているようだった。こちらから話しかけたのかどうか覚えていない。子供たちは意固地で、警戒心をあらわに見せ、不安げでもあり、ひと言も発さなかったように思う。別の時代から抜け出してきたようなブルトン人の二人の子供は、海からも、避暑客からも、パリジャンたちからも遠く離れたこの農家で大きくなったのだ。歴史の展開しだいでは、彼らはぼくらの立場にあったかもしれないし、ぼくらが彼らの立場だったかもしれない。二人のことを忘れはしなかった。後年、ブルターニュとまた接触するようになって、その村を久しぶりに再訪した。そこでもすべてが変わっていた。中世から抜け出てきたようなおかっぱ頭の子供はもういなかった。手や顔が田舎の寒さで赤らんだエプロン姿の農婦が数人だけいた。私が話しかけた婦人はジョスランと名乗った。私の曾祖母の一人と同じ姓だった。

なぜ人々は、大革命の時期にブルターニュから旅立ったのか。私は先祖のアレクシ゠フランソワをめぐる伝説めいた風聞のなかで育った。共和暦二年〔一七九三–一九四年〕に兵士だった彼は、フランス島（のちのモーリシャス島）に亡命した。一七九二年秋、ヴァルミーの戦いのあとパリに駐留していたときに彼が母親に宛てて書いた手紙を読んだ。そのなかの一通で、彼はただこう語っている――「街は静かです。前国王の裁判を皆が待っています、民衆の怒りを免れないでしょう」。彼は熱烈な共和主義者で、連邦主義の信奉者だった。プロシア軍と戦い、負傷者の腕や脚を切り落とす外科医の助手として、戦争というもののおぞましい相貌を見ていた。その際、母親に彼はこう書き送っている――「この人殺しがやらかす過ちのせいで、フランスの若者たちのなかには恐るべき数の不具者が出ることでしょう」。彼は一七九三年以後のふくろう党の反乱を嫌い、モルビアン地方の王党弾圧に加わる。しかし彼はまた、飢餓に苦しみ貧窮にあえぐこの地方で革命軍が繰り広げる不当な行ないも嫌った。ある書き物のなかで（フランス島に赴いてから息子に口述筆記させたものだが）、若い伍長として、その粗暴な弾圧にどう対峙したのかを語っている。彼の一隊が兵糧確保のために麦を求めてモルビアン地方の田舎を歩き回っていたときのことだ。一人の百姓が積み藁の下に麦を隠してあった。兵士たちはそれを見つけ、正規の裁判にかけることもせずに罪人を絞首刑に処そうとしていた。私の先祖は中に入り、革命軍には追い剝ぎめいたふるまいは許されない、この百姓が法廷で裁かれるように隣り町まで連れていかせてもらいたいと兵士たちを説得した。裁判官の前に出た彼はこう言った、「貴下はこの男を逮捕することができます。ですが、その場合、家族を養うために麦を隠したブルトン人全員を逮捕しなければなりませんよ」。裁判官は私の先祖の言葉に耳を傾け、その百姓の命を奪うことはしなかった。それから少しあと、フランソワは一人の兵士から非難された、「伍長同志よ、君はその髪を切らなくてはならないぞ」。当時ブルトン人は長髪をうなじの位置で束ねるカトガンと（俗に「尻尾」とも）呼ばれる髪型をしていた。フランソワは剣を抜き、「おれの髪を切ろうとする奴はまずはおれを剣で倒してみろ」と言った。そんな怒りの言葉を言い放ったからには、もう立ち去るしかなかった。

　こうしたことのすべてはブルターニュを疲弊させていた貧窮に結びついていたが、これを機に私の先祖は世界の向こう側の果てに逃れる意志を固めた。しかし決心するのは容易ではなかった。フランス島に向けて旅立つとは、二度と戻っては来ないことをほぼ確信しながら、数カ月にわたる危険な船旅に乗り出すことを意味した。母親や妹に別れを告げるのは心えぐられることであったに違いない。彼はジュリーという名の二十歳の若妻と赤ん坊――生後三カ月になるかならないかの女の子だ――を伴って旅に出た。パスポートの記載によると、彼は二十六歳で、身長五ピエ六プース〔一七八・六センチ〕、栗色の髪、碧眼、顔には天然痘の瘡《かさ》があった。パスポートの一ページには、妻と娘のほかに、二人の召使（ロリアン港の波止場で買い受けた二人の奴隷である）、ひとりの中国人料理人、シーツや下着を管理するマダガスカル人の家政婦を伴っていた。「インド通信」という名の船で、十二門の大砲を備えた冒険的な帆装船《ブリック》だった。フランソワは甲板上に彼ら夫婦用の小住居と、それを背にする形で雌鶏数羽と豚一匹を飼育する小屋を造らせた。彼の新しい生活の始まりだった。しかし船がロリアンの投錨地を離れ、ガーヴル半島〔ロリアン港から大西洋に出る南西端に位置する〕の端を回ったときに彼と妻が痛切に感じたものを想像できる。ぼくらがブルターニュに生まれ落ちず、他の根っこを編み出さなければならなくなったのは、恐怖政治《テルール》という大惨事のさなかに彼が下したこの決断のゆえである。

ブルターニュは永遠に《ブレイズ・アタオ》！

ブルトン人結集の叫びは、そうした過去を受け継いだ者なら（たとえ私のように土地をもたない者でも）だれの心にも刻まれている。この叫びは、ショーン・コネリーが自分の腕に刺青《いれずみ》させた「スコットランドは永遠に」という文句に似ている。ブルトン人であることがフランス人であることを許容しないかのように、まったく正反対のことのように、この叫びをあざ笑ったり、肩をすくめたりする人々がいる。あるいは、そうしたいっさいが過去の遺物で、漠として無力な郷愁を養うことにしか役立たないかのようである。たしかに私が幼少期に知っていた場所は変わり、今風のやり方が先祖の生活様式や環境や文化を壊し、ブルターニュは世界の図式にならってやり直しの利かない形で作り変えられてしまった。おびただしい数の車両が行き交う道路、工業地帯、広く大衆に普及した観光旅行、制御の利かない都市化といったものだ。郷愁は名誉ある感情ではない。一つの弱さ、苦汁を分泌する痙攣《けいれん》にすぎない。この不能は現に在るものを見えなくする。現在こそが唯一の真実なのに、過去へと意識を向けるのだ。

ブルターニュの現在があると私に思えるのは、もはやサント・マリーヌではない。むしろ、長い間観光とは無縁だった地帯の、ラ崎をはじめ、リュゲネ、ケステル・コズ、ブレゼレック、レデ、ケルムール、ル・ヴァンといった喚起力の強い名を冠する数多くの岬が点在するドゥワルヌネ湾南側の花崗岩の断崖が連なる海岸だ。また湾の反対側のモルガ港、ゲネロン島、ベレク崎、タラグリップ崎、ペニール崎、それから母が口にするのを好んだケルモルヴァン崎〔ブレストの真西の大西洋岸〕、コルサン崎〔ケルモルヴァン崎の北、フランス最西端の岬〕、さらに母にはその名の響きから、暗礁にぶつかる海の怒号が聞こえるように思えたアベル・ヴラック〔ブルターニュ北西端に近いランデダ村の港、同名の川がケルト海に注ぐ〕。カンペール周辺のリンゴ畑の温和さ、コルヌアイユやレオン地方〔ブレストを中心とするブルターニュ北西端のかつての司教区〕の村々の近くの、あるいはモルビアン地方内陸部のブラヴェ川やエレ川の流域の谷あいの可憐さ、ライタ川の秘境、そうしたものは依然存在してはいる。しかしこのような景観は、駆け足で進む都市化の波のなかにまばらに浮かぶ小島のようだ。いくつかの場所の沿岸地帯は、地理学▼49でいう「乱開発《ミタージュ》」の犠牲となっている（最も明白な実例は南仏コート・ダジュールやヴァール県で見られるだろう）。九月末からは、サン・ゲノレ付近やサン・ニック〔ドゥワルヌネ湾東岸のパントレ海岸の背後に位置する村〕方面ではすっかり人けがなくなり、別荘の鎧戸が閉まる。人は荒廃や放置の印象にとらわれる。逃げ出したい誘惑に抗《あらが》い、自分の土地、自分の農家に執着する者は、男も女も強くなる必要がある。耕地の整理統合により、彼らの多くが何十ヘクタールもの土地を所有し、おびただしい数の家畜の世話をする大規模経営者になった。だからといって、彼らが大金持ちになったわけではない。彼らはひと時も休むことなく日々の生活に汲々《きゅうきゅう》としている、しかも互いに孤立して、大方は個人経営だ。大革命や飢饉の時代には、また二十世紀の大量殺戮戦争の時期には、彼らは抗った、土地に残ることを選んだ。その選択はおそらく今日のほうが容易だろうが、悲壮な選択であることに変わりはない。物質的困難に抗うだけでなく、とりわけ感情的圧迫に、百姓が被《こうむ》る世間一般の侮蔑に抵抗しなければならないからだ。結婚しなければならない。しかしブルターニュの農民は容易に連れ合いが見つけられない。カトリック教会が結婚の仲立ちをした時代があった。モーリシャス島から若い女性を呼び寄せた。彼女たちはブルターニュの男たちの優しさと道徳的資質を高く買ったが、気候が過酷だった。それで多くは自分たちの島に戻っていった。

今日、私の心を打つのはこのブルターニュである。農業者のおかげで、幼少時の美しい麦畑が今も海辺まで続いている。砂丘の輪郭の手前や断崖沿いに広がる麦畑ほど美しいものを知らない。荒野とは茨やシダの垣根だけで隔てられている麦畑は、無秩序な海や殺伐とした新興住宅地へのかたくなな抵抗を象徴しているようだ。海浜保護局▼50とミシェル・ドルナノ▼51は感謝されている。彼らの行動はよい効果をもたらした。しかしブルターニュの土地の保全、ある種の自然観の保全、神秘への敬意の保全に、ブルトン人自身が果たした役割を忘れてはならない。先史時代の記念物の保護、間道の手入れ、海岸の清掃、植え込みを維持することへの好みといったものは、偶然のなせる業《わざ》ではない。村人たちは、国の補助金を待つまでもなくそうしようと決意した。一九六〇年代の耕地の整理統合があってからまもなくブルターニュを再訪して、不遜なまでの現代風に呆然とした。すべて終わりだ、昔風の目に心地よい景観は永遠に消滅してしまうのだと思った。その後、滞在を重ねるにつれ、年ごとに、もっぱら「斜堤造成学校《スコル・アル・クルジウー》」の教育に従って、凹状道路が新たに造られた。

かつて農地の区画の仕切りとなっていた石を積み上げただけの古い壁は、一時破砕されたが、あらためてセメントで接合された。ブルターニュの藁葺き屋根の古来のモデルは、たとえ壁がコンクリートブロックに変わり、屋根がスペイン風スレートに変わったとしても、裏切られることはなかった。観光目的のあらゆる見せかけや、地方色へのあらゆるうぬぼれを越えたところで、沿岸部《アルヴォール》であれ内陸部《アルゴア》であれ、ブルターニュを真にブルターニュたらしめているものは、この無言の不変性だ――執拗さという人もいるだろう。私の幼少期のブルターニュは、いつも魅力的なわけではなかった。村の入口にはゴミの山があった。道路のそこかしこに酔っ払いがいた。耐えがたいほど貧しい家々があった。フランス国の保護下に入って以後陥った暗澹たる貧窮の痕跡をしばしばとどめていた。大革命の少し前にレンヌ地方を訪れたイギリスの旅行家アーサー・ヤング▼[52]が描く襤褸《ぼろ》をまとった乞食や骨《こつ》粗鬆症《そしょうしょう》で腰の曲がった老女のいる情景は、今もなお廃れていないように思えた。カンペールではなおも、ジャン＝マリ・デギニエ▼[53]が生きた汚い路地に出くわした。私の壮年期のブルターニュ、そして今、老境に達して見るブルターニュは、相貌を変え、清潔でおしゃれになった。農家は女性たちのおかげで花が咲きほこる花壇で彩られ、村々は競ってロータリーや中心街《クレイズ・ケール》を活気づけようとしている。有機農業の到来は、村落の放棄されていた昔の農地に新たな息を吹き込んだ。若者たちは、男も女も、おそらくは大都市郊外の深刻な貧困に幻滅して、生活を変えようと決心し、古い石を起こし、堆肥を用い、化学肥料は拒否する。これ見よがしなそぶりなどなしにそうしており、仲間内で活動する環境保護論者の戦闘的で党派的なところも彼らにはない。手はごつごつして、顔は日と風になめされている。彼らは新たな冒険者だ。彼らの子供たちは、羊の毛皮を身にまとい長い髪をして、かつてぼくらが遭遇した男の子たち、ブラヴェ川沿岸のあの遠縁の子供たちに似ている。なかには、新たにブルトン語をしゃべる子供もいる（ときどき奇妙な抑揚が混じるが、変化こそ、活きた言語固有の特質だ）。ブルターニュが生きつづけるのは、一部には彼らによってである。

自治に向けて？

スコットランドで最近行なわれた独立問題をめぐる国民投票が、ブルターニュにおいて一つの古い幻想を呼び起こした。もし自主独立を断行したら？　これは時代の気運だ。コルシカ島でもフランスのバスク地方でも、アンティル諸島でも、レユニオン島でも、ポリネシアでも、この問題はときに緊迫の様相を伴って提起される。こうしたフランスの領土やかつての植民地に比して、ブルターニュにはその（九百年の）歴史の大半にわたって独立した主権国家であったという特別な利点がある。あえて喚起する必要があるだろうか（学校のどの教科書にも記載されていないが）、ブルトン人は条約によっても国民調査によっても、独立を失ったことはないのである。一四八八年七月二十八日、ブルターニュの守護聖人サンソンの日のこと、ブルターニュ公フランソワ二世の命により、ブルターニュ軍はバスク人志願兵、イギリス人射手の援軍を得て、ブルターニュの辺境、レンヌ近くのサン・トーバン・デュ・コルミエの城砦から遠からぬ昔の国境で、フランス国王軍と対峙した。▼54

当時の年代記作者たち▼55に「常軌を逸した戦争《ゲール・フォル》」と呼ばれているものは、現実には五千人の兵士の命を奪い、ブルターニュの貴族の大半を壊滅させた会戦だった。この戦いが起こったのは、今日「遭遇の荒野」と呼ばれる、ウエ荒野から遠からぬ樹木の生い茂った傾斜地である。作戦上の偶然がブルターニュ公の軍隊の敗北を引き起こした。公爵の兵士は土地の高みに陣取っていたが、正面から日差しを受けていた。長い一日にわたって死闘を繰り広げた末に、ブルトン人たちは撤退を余儀なくされ、森に逃げ込んだところを惨殺された。彼らの敗退はブルターニュ防御に大きな亀裂を穿ち、レンヌを包囲されたブルターニュ公の政府は降伏せざるをえなかった。フランソワの死後、十二歳になるかならないかの娘アンヌは、ブルトン人に害が及ばないようにフランス王に帰順しなければならなかった。彼女はいわば戦利品の一部だったのだ、二年後には勝者であるフランス王シャルル八世に嫁ぐよう強いられたのだから。女性の土地相続を認めないフランク王国のサリカ法典の規定により、アンヌは自分の領土をめぐるあらゆる権利を放棄した。ブルターニュの最後の女公はまた、すばらしいフランス王妃でもあった。父親から受けた教育に忠実に、宮廷を芸術家や文人に開き、人が何と言おうと、ブルターニュを略奪から守るすべを心得ていた。その後彼女は一個の象徴的人物となり、自分が死んだら心臓を黄金の容器に入れて密封し、ナントにある両親の墓に埋葬してほしいという望みを表明することで、郷土愛を示したのだった。

独立の喪失は単なる政治体制の変化にとどまらなかった。大半のブルトン人にとってフランス中央政府への帰順は大した意味をもたなかったと想像できる。ブルトン人のアイデンティティは貴族の権勢などとはほとんど無関係だった。他の地方でも同じことだったが、農村の自由民や職工は領主と関わりをもたなかった。農奴というものはもはや存在せず、ナントやレンヌで練り上げられた政策はこうした人々の日々の生活には関与しなかった。彼らにはブルトン人の自覚があった。自分たちの聖人を信仰し、宗教的権威に敬意を示したが、ブルターニュ公も幼いアンヌ女公もブルトン語を話さないことを知れば驚いたことだろう。

彼らにとって変わったものは経済だった。それまでは独立していたので、ブルターニュはヨーロッパのあらゆる国と、なかでも主としてイギリス、スペイン、イタリアと、商取引を自由に行なっていた。ブルターニュは船舶の機材、索具や帆を供給し、見返りにワインや香水を買い入れた。それが元になって、中世末期には、ヴァンヌ〔モルビアン県の県庁所在地〕やカンペールで、のちにはラクロナンでブルターニュ特有の市場町が繁栄した。サン・トーバン・デュ・コルミエでの敗北はこの繁栄に弔鐘を鳴らした。ブルターニュは商取引上の独立性を捨て、植民地の地位に甘んじて生き残るほかなかった。商取引上のこうした資格剝奪に加えて、フランス国王に納める税の徴収が始まった。塩税や輸入物資にかかる税だ。大革命前夜には、かつて繁栄を謳歌した領土はフランスで最も貧しい地域になった——そしてその状態は近代になっても続いた。

〈歴史〉は書き直せない。「ヨーロッパ」の到来は商取引関係の拡張をめざすことを可能にする。

ブルトン人は全体として、過激主義の政党が唱える大衆迎合主義や反ヨーロッパ連合の誘惑を支持してこなかった。国民戦線は創設者▼56の知名度の高さにもかかわらず共感を集めることはできず、経済的困難はたしかに存在したが、その人種差別的で移民排斥主義の主張は住民から嫌悪感をもって拒否された。実際、ブルターニュには他者に向かって開かれた長い伝統があった。移住や族外婚が遺伝子の一要素をなすからかもしれない。フランスのなかでもパレスティナの大義を擁護し、自由を求めるトゥアレグ族〔サハラ砂漠西部を活動地域とするベルベル系遊牧民〕の闘争の正しさを主張する（カンペールには「パレスティナ通り」さえ存在する）まれな地域の一つである。内政に関しては、ブルターニュはより慎重である。独立への回帰がたいした熱狂を掻き立てないのは、それが過去の論議だからかもしれない、ブルトン人が腹の底から共和国の理念に執着しているからかもしれない。税制的および経済的な自治さえ実現すれば、ブルターニュはかつての地位を取りもどせるだろう。そんな自治は構想可能だろうか。服属国家に甘んじていては、冒険心は養われない。ブルターニュにおいては、中央権力に帰属している他の領土と同じく、従属のくびきを断つのは容易ではない。共通の過去で結ばれた民がふたたび一つにまとまり、今日的な問題に固有の解決策を見つけるような、〈歴史〉の一局面としてそれを夢みることはできる。ただし、ブルターニュに出自をもつ人間すべてにいわば血族的特権のようなものを付与する、狭い意味でのナショナリズムが重要なのではない。むしろ一個の自由が肝心なのだ――財務局を管理し、隣国との約款や条約を決裁し、社会的プログラムを策定し、経済や文化をめぐる未来を創出する自由が。

モルレ〔ブルターニュ北岸英仏海峡に面したモルレ湾に位置する町〕出身のブルトン人作家で、すばらしい小説『海の牢獄』〔一九六一年。アカデミー・フランセーズ小説大賞受賞作〕の著者であるミシェル・モール〔一九一四—二〇一一〕は、そんな可能性をほとんど信じていなかった。「私に言わせれば、ブルターニュに欠けているのは文学を有することですよ」と私に言うのだった。彼は昔のケルト吟遊詩人も、テオドール・エルサン＝ド＝ラ＝ヴィルマルケ〔一八一五—九五〕の編訳・解説による『ブルターニュ民衆歌謡』〔初版は一八三九年刊〕も考慮していなかった。ルイ・ギユー〔一八九九—一九八〇、『黒い血』（三五）など〕、ペル＝ジャケズ・エリアス〔一九一四—九五、『自尊心という名の馬』（七五）など〕、アンヌ・ポリエ〔一九一〇—九四、『河口』（五四）など〕のようなブルターニュの本格的な現代作家も、彼には物の数ではなかった。しかし同時に彼は、ブルトン語の賛美歌（ウェールズ語から訳されたもの）の歌詞、厳粛な機会が要請するたびに口ずさまれるあの有名な「ブルターニュ《ブレイズ》　わが先祖たちの古い国《ブロ・コズ・マ・ザドゥ》」の歌詞を、感銘なしには聴けないと告白した。彼はまた「ブルターニュの旗《グヴェン・ナ・デュ》」、ブルターニュの国を象徴する白と黒の九層の縞《しま》で装飾され、公国の紋章をなす白貂《しろてん》の尻尾をたくさん片隅にあしらった旗をめぐる歌も好んでいた。それは、五百年前、サン・トーバン・デュ・コルミエでの悲劇的な対峙が起こる前にはためいていた旗の色である。

あるブルターニュの英雄

同世代の多くの子供たちと同じく、私はブルターニュが海辺の国だという幻想のなかで成長した。――ぼくらは、ブルターニュの真の英雄とはド＝シュルヴィル、デュゲ＝トゥルーアン、トロムラン、ケルグラン、ユオン＝ド＝ケルマデックら、▼57 ああしただれもが知る勇敢な水夫たちだと思い込んでいたのかもしれない。彼らのなかには、奴隷の売買で財をなしたロベール・シュルクフのように感心しない人物がいたとしてもそうなのだ。今日でもブルターニュは、その海洋信仰ゆえに、イザベル・オティシエ〔一九五六―〕やエリック・タバルリ〔一九三一―一九九八〕のような単独で大航海に挑む人々の存在ゆえに称えられる。兄と私は、先祖が水夫でも漁師でもなく、モルビアン地方の単なる百姓で、不毛な土地に縛られ、穀物を栽培し家畜を飼育していたことを知って、失望した。彼らがはるか昔から——サクソン人の侵入でブルトン人がイギリスの外に追いやられ、アルモリカにやって来た六世紀以来——暮らしてきた場所は、由緒ある土地でも詩情に満ちた土地でもない。いくつもの峡谷が溝のようにえぐられた暗緑色の田舎で、農家は城砦のようで、パンを焼く窯《かま》は石造りだが、エスキモーが圧雪ブロックで造るイグルーに似ている。そこに住む人々は海とは無縁で、何世代にもわたって海を知らなかった。子供や家畜を連れ、櫂で漕ぐ小舟で北海を横断した集団移住の記憶のせいで、長きにわたっていっさいの冒険の誘惑に動じなくなったのかもしれない。

子供のころ、サント・マリーヌ時代だが、私は自分の英雄を選んでいた。それはあの一介のエビ獲り漁師、冒険家でもあり日曜日には絵を描きもする漁師だった。自分が経験した航海の話はけっしてしない人だった。櫂を漕ぎ、エビ籠の綱を引き上げて硬くなった両手の怪力ぶりはよく覚えている。それに、彼に生涯付き添い支えた妻カトリーヌが優しい人だったことも。

今、あれからずいぶん歳月が経ち、話題にしたいのはもう一人の英雄のことだ。こちらは、私が帰属するブルターニュの百姓の長い系譜に結びつけてくれる陸の人だ。名前はエルヴェ。私と同年代の男で、終戦、時代の変化、アルジェリア戦争といったできごとを同様に体験した。彼に話しかけているうちに、自分の知らなかったブルターニュを少しずつ発見する。

十歳のとき、両親とコルヌアイユ北岸のドゥワルヌネに遠出をしたのを覚えている。海のほうに下り、港に着くと、長いセメントの堤防があり、仲買人の建物や缶詰工場があったのをはっきりと覚えている。南部のレスコニルやル・ギルヴィネックやロクチュディの漁港は、観光客の避暑地ではなかった。まだ漁業がさかんで、トロール船や、赤いズボンをはいて防水帽姿の漁師たちがいた。しかしドゥワルヌネに到着したときは衝撃だった。街が北向きだったからかもしれない、狭い街路や波止場には、いや海の色にいたるまで、何か凍《い》てついた、敵対的なものがあった。衝撃はとりわけ住民から来ていた、それは暗色の上着をまとい、船乗りのハンチングを被って、密集した無名の群衆だった。漁師というより加工職人たちだった。彼らから、彼らの町からは、ある種の険しさ、抵抗が滲み出ていた。そこにいたのはもちろん共産主義者たちだった。それも、パリ地方の優雅な左翼急進主義ではなく、デ・シーカやフェリーニらのイタリアのネオレアリズモ映画が示したような無言で頑固な戦闘性をまとった、共産主義者たちだった。ヴィスコンティの『揺れる大地』〔一九四八年〕やロッセリーニの『無防備都市』〔一九四五年〕における浜辺の群衆だ。ドゥワルヌネでは、女性でさえ彼らに似ていた。黒い制服を着て小さな帽子をかぶり、頑《かたく》なで物に動じなそうな「イワシの頭《ペン・サルディン》」[58]たちだ。「シャンスレル」や「小船《プティ・ナヴィール》」〔ともにイワシの缶詰製造会社名〕の工場で働く女たちは、作業台に身を屈めてイワシのはらわたを抜き、魚を小さな函のなかに並べるのだった。二十年後、そうしたすべては消滅した。漁業は停止し、工場は閉まり、セメント造りの灰色の建物はさまざまな色に塗り替えられた。地獄《アンフェール》広場の酒場で人々はジャズを聴き（ジョルジュ・ペロス[59]が語ったような刃傷沙汰《にんじょうざた》はもはやない）、土産物店やピザ・レストランができ、港は一個のミュージアムと化した。トロール船は今もドゥワルヌネに寄港するが、多くはアイルランドやポルトガルから来た工船で、氷を敷いた容器に漁獲物の積荷を下ろす間しか停泊しない。そのあと魚は冷凍トラックでヨーロッパ各地に輸送される。

こうした歴史をあらためて取り上げ、その切片をつなぎ合わせ、世の流れを再確認したいのは、郷愁に浸る趣味からではない。それは昔日の魔法を説明するため、現在の空しい輝きを透かしてそれが立ち現れるのを見るためだ。エルヴェ、私が自分の英雄に仕立てたあの男はきっと、ブラヴェ川流域の私の遠い先祖にそっくりなはずだ。私はエルヴェがプーラン村の海辺の農家で過ごした子供時代の話をするのに耳を傾ける。ためらいがちに、言葉を選びながら話すのは、母語であるブルトン語からフランス語に訳さなければならないからだ。彼は冬の厳しさ、畑仕事のこと、さまざまな困難、金欠であることを話す。また、幸福だった時代のことも話すが、それはドゥワルヌネの漁師や職人とは反対に、彼らが自由だったからだ。子供時代の祭りの話をするときには表情が輝く。それはだれもが歓喜に浸る機会だった。酒を飲み、遊びに興じ、家族や隣人とごちそうを食べた（豚の丸焼きとクレープと熱いリンゴ酒だ）。結婚式は高くついた。祝宴の費用を調達するのに、所有地の一部を売らねばならないこともあった。医者への支払いに迫られたときも、不運には事欠かなかった。そうしたすべては昔の話だが、私の世代の人間は覚えている。それにまた度重なる嵐《バール・アムゼル》があった。エルヴェは、海に面した牝馬《ジュマン》崎でかろうじて平衡を保っている大きな岩、そびえ立つ岩《カレグ・ソン》、歌うたう岩を見せてくれた。その岩は、独特の震え方で難破を知らせたという。私が幼いころよく耳にした難船略奪者の伝説もルーツは違わない。水夫たちをだますのに海岸に沿ってヤギの角に紙ちょうちんを吊るした話は、エルヴェを大いに笑わせる。嵐のさなかに一頭のヤギにランプを吊ることさえはたして試みられたか？岩が鳴ると、界隈《かいわい》の住民たちはみな、断崖を下って嵐が何を運んできたか知ろうとした。エルヴェの記憶に残っているさる難破の際には、砂利に覆われた浜辺に巨大な酒樽が打ち上げられ、毎晩近隣の人々が税関には内緒で持参の容器にワインを汲みにきたのだった。

エルヴェが土地の魔力を語るのを聴くのが好きだ。ブルターニュの神秘のいくばくかがここに伝わり、世の中が現代風になっても生きつづけている。先祖の伝統を受け継いだある種の男女を通して今に伝わっているのだが、公立小学校でそれを教わったというよりも、むしろ大地によって、風や四季によって教えられたからかもしれない。先が二股になった棒を携えたエルヴェは、地中の水のありかが感知でき、井戸を掘るべき地点を選ぶことができる。この才能を授けたのは彼の祖母だ。彼女自身は接骨医で、いぼの除去や皮膚病の治療が専門だった。エルヴェは自然と結ばれていて、天候の変化や嵐の前兆を感じ取り、海や水平線に問いかける。スティーヴンソンの小説の主人公たちのように、ヒースの花が咲いた荒野の美しさに心動かすことができるし、雨後のせせらぎが奏でる音楽に耳を澄ますることができる。ブルトン語を話すこと、ブルターニュにふさわしい政治の未来を夢想することと、そんなことは彼にとって重要ではない。彼は生まれながらにして、誇りも嘆きもなしに、この土地に属している。岩山やナラの木、カモメやノロジカに劣らず——あるいは、彼がいつも収穫物の一部を分け与えている繁殖地のウサギたちに劣らず——正真正銘だ。彼の作業のおかげで、また妻マリ＝アンジュの才覚のおかげで、あのように長い辛苦の歳月を経て二人が隠遁した家は、荒野の真ん中の花咲くオアシスである。

このささやかな物語を彼ら二人に捧げたい。ただし、告白や追憶文集としてではなく、少々強情で単調なブルターニュの歌のようなものとして。歌うたう岩が嵐のさなかでつぶやいていた歌、あるいは、想像するに、かつてわが先祖たちが夜祭りの熱気のなか、ビニウとボンバルドのかん高い響きに合わせて、足で地面を踏み鳴らしながら繰り返し歌った歌、そして風が運び去った歌のようなものとして。

▼1　作家の先祖は十八世紀末、フランス革命期にブルターニュ地方からモーリシャス島（当時のフランス島）に移住した（後出九四—九七頁を参照）。そのアレクシ＝フランソワ・ル・クレ

ジオから数えて作家は六代目にあたる。作家の二人の祖父は兄弟でモーリシャス島の生まれ、両親は従兄妹《いとこ》同士である。一八一四年、モーリシャス島はそれまでのフランス領からイギリスの支配下に移り、フランス系の住民はイギリス籍に変わるか島を去るかの二者択一を迫られる。作家の先祖はイギリス籍を取得し島に残ることを選ぶのだが、従兄妹同士でありながら作家の父がモーリシャス生まれのイギリス籍、母はフランス生まれのフランス籍である点にも、モーリシャス移住とそこからの引揚げまたは出発をめぐる一族の複雑な歴史が反映している。モーリシャスは、一九六八年に英連邦王国として独立、九二年には立憲君主制から共和制に移行し、モーリシャス共和国となった。作家自身は、フランスとモーリシャスの二つの国籍をもつ。なお、父方の姓でも母方の姓でもあるル・クレジオ（Le Clézio）は、ブルトン語で「土手ないし堀」を意味するkleuzに由来する語で、サント・マリーヌから百十キロほど東に位置するポンティヴィー市の近く、ブラヴェ川沿いの「ル・クルジウー」という小村こそが、一族の起源の地だと父ラウールは考えていたという（後出「路上にて《ワー・ラン・ヘント》」の冒頭四〇頁、および九三頁を参照）。

▼2　一九三二年から三六年にかけてルノー社が生産販売した大衆向け四ドア小型車。

▼3　オデ川河口近くに位置する左岸のベノデと右岸のサント・マリーヌを結ぶコルヌアイユ橋は、一九六九年着工、七二年五月に開通した。全長六百十メートル、緩やかに湾曲して最も低い部分でも海抜三十メートルの高さに位置する。コルヌアイユ（Cornouaille）とはフランス革命

以前にブルターニュの一地域を指した政治的宗教的区域名で、その中心はカンペール。

▼4　コルヌアイユ橋が開通するまでは、十九世紀初頭以後渡し船が川幅約六百メートルのオデ川両岸を結んでいた。乗用車二十台を収容できる本格的な渡し船の使用が始まったのは一九五一年で、この船はエンジンを備えていたが、両岸に渡された鎖による曳航《えいこう》を併用していたと思われる。

▼5　一九四〇年代にイギリスやオーストラリアの都会の商店街や郊外の住宅地などに数多く出現した、ノンアルコール飲料（コーヒー、ミルクシェーキ）や簡単な料理（ハンバーガー、サンドイッチ）を提供するカフェと、食料・日用雑貨を売るコンビニエンスストアを兼ねた店。ジュークボックスやゲーム機を備えた店もあった。七〇―八〇年代以降、ファストフード店やショッピングモールの出現で衰退した。

▼6　円形をなして内向きに座った参加者の一人がハンカチをもって周囲を走り、一人の背後にそれを置く。座った者たちは走者が通りすぎるまで後ろを見てはならない。ハンカチを置かれたことに気づいた者は、それを拾って立ち上がり、ランナーが自分の席に戻る前に捕まえなければならない。ランナーが機敏に回り込んで空いた席に座れば、ハンカチを受け取った者が新たなランナーになって同様のことをする遊び。

▼7　木製の球を槌《つち》で打ち鉄のゲートをくぐらせる一種の野外ビリヤード。中世のフランスの地

方に起源をもち、それを貴族が屋内のビリヤードに変形、それがアングロサクソン諸国に広まり、十九世紀に人気を博した。

▼8　イングマール・ベルイマン監督作品、一九五七年のスウェーデン映画。第八回ベルリン国際映画祭金熊賞受賞。

▼9　フランスは、一九九二年に欧州評議会の主導で採択された「地方言語または少数言語のための欧州憲章」に九九年に調印した。二〇一三年には諮問委員会よりフランス本国及び海外領土において保護の対象となるべき少数言語のリストも提示されたが、憲法上の単一公用語主義のために、憲章を批准できないままでいる。「未来の」という形容詞はそのことを含意している。上記リストには、グアドループ、仏領ギアナ、マルティニーク、レユニオンなどにおけるそれぞれに異なるクレオール語（フランス語と現地語の混淆言語）が列挙されている。

▼10　アルジェリア戦争中、アルジェリア人捕虜（多くは民間人）を解放すると見せかけて、あるいは彼らが逃亡を図ったという口実をでっち上げて、フランス軍が行なった、裁判抜きの処刑を暗示する表現。薪拾いに見せかけて捕虜たちを田園に連れ出し、自身の墓穴を掘らせたうえで彼らを殺戮した。

▼11　保育園から高校までブルトン語で無料の教育を行なう学校連合。一九七七年、ブルトン語を母語とする音楽家ルン・ロスティがアイルランド、バスク、カタロニアなどの先例を参考に、

最初の学校を故郷のランポール・プルダルメゾーに創立した。八三年以降、国の助成を受け、教員は国との契約で雇用される。二〇二〇年現在、ブルターニュの五県に四千余人の生徒を有する。

▼12 《kan ha diskan》はフランス語のchant et contre-chant（contre-mélodieとも）のことで、文字どおりには「歌と対旋律」。ブルターニュにおける伝統的なアカペラ唱法で、複数の歌い手のなかの一人が歌い終わると、最後の数語を二人目が復唱してつないでいく。とくに踊りの伴奏として用いられる場合には、一様な歌い方とリズムの維持が重要となる。

▼13 《bagad》はブルトン語で「グループ」の意。二重リード笛《ボムバール》、小型バグパイプ《ビニウ》、小太鼓から成るオーケストラで、スコットランドのバグパイプ楽団をヒントに十九世紀末のブルターニュで生まれた。

▼14 オリエ・モルドレル（一九〇一—八五）、政治家、著述家。ブルターニュの独立を求めて一九三一年ブルトン国家党を結成し、アイルランド独立を模範としケルト主義を信奉したが、ファシズムに接近し、三九年第二次世界大戦勃発時に対独協力を理由に活動を禁止されてドイツに逃亡した。

▼15 ロパルス・エモン（一九〇〇—七八）、ブレスト生まれのケルト語（とくにブルトン語）学者で作家。フランスからブルターニュを解放する唯一の手段として対独協力を主張、ドイツ統制下でのラジオ放送や著述を通じて、反ユダヤを言明し、フランスから独立したブルターニュを

夢みる小説を書いた。四四年ドイツ軍の敗退とともにドイツに逃亡、戦後、懲役十年の非国民罪の判決を受けたが、アイルランドに逃亡し、ブルトン語を教授しながら死ぬまで当地で暮らした。

▼16 グウェナエル・ボロレ（一九二五―二〇〇一）、ブルターニュ出身の実業家で対独抵抗運動の闘士、作家・詩人。

▼17 ブルターニュの海岸地帯を指し、アルヴォールとも。内陸部はアルゴアと呼ばれる。

▼18 ロクチュディはサント・マリーヌの南の沿岸に位置する人口三百ほどの小さな漁村、ル・ギルヴィネックはその西の人口二千七百ほどの漁村、サン・ゲノレはさらに西のオーディエルヌ湾に面した人口五千ほどの漁港の町。すべていわゆる「ビグーダン地方」（註19参照）の地名である。

▼19 ブルターニュ南部、フィニステール県の南西部、西側（オーディエルヌ湾）と南側（ガスコーニュ湾またはビスケー湾）で大西洋に接する、総人口五万五千ほどの区域（行政上の呼称ではない）で、二十世紀半ばまで女性が着用した極端に丈の高い白いレースの筒形帽子をはじめ、独特の衣装、踊り、歌謡の伝統をもつ。

▼20 ル・クレジオの一歳半年上の兄イヴ＝マリ・ル・クレジオ（一九三八―）は言語学者。

▼21 奥行きのある四脚の戸棚のなかに設《しつら》えられたベッドで、ブルターニュ南部に特有の伝統的家具。ベッドが二段になっている場合もある。一般に大きなワンルームからなる農家で、各自の

プライバシーをある程度確保するとともに、冬場は暖房効果もあった。

▼22　シャルル・ペロー（一六二八―一七〇三）はフランスの文人。十七世紀末の「新旧論争」で、「ルイ大王の御代《みよ》」がアウグストゥス帝の古代ローマをしのぎ、当代フランスの文芸がウェルギリウスやオウィディウスらのラテン文学よりも優れているという「モデルヌ」の立場を代表した。民間伝承に素材を汲む散文版『童話集』（一六九七年）は、グリムやアンデルセンの童話に先行する。ギュスターヴ・ドレの挿絵入りのエッツェル社版は一八六一年刊。

▼23　フランス革命期の一七九三年以降に旧貴族によって形成された北西フランスの反革命王党軍は、凶暴で知られたブルターニュの民衆を配下に収めていた。彼らは「ふくろう党」と呼ばれ、バルザックの同名の小説（一八二九年）で知られる。

▼24　ルイ十四世治下の一六七五年、ブルターニュ南部で起きた印紙税ほか国王間接税に対する農民の激しい反乱。「反印紙税一揆」または、叛徒が被った赤い帽子により「赤帽子一揆」と呼ばれる。ただしここで話題のビグーダン地方では、むしろ青い帽子を被ったという。叛徒は領主のみならず都市の資産家にも敵意を向け、地方三部会への代表の派遣を主張するが、同年秋、地方総督により武力鎮圧された。

▼25　原題《War an hent》はブルトン語のシャンソンの曲名（フランス語では《Sur la route》）。同時にジャック・ケルアックの小説『路上』*On the Road* を喚起する。

▼26　ウジェーヌ・ヴィオレ＝ル＝デュック（一八一四―七九）はフランスの建築家・美術史家で、パリのノートルダム大聖堂やサント・シャペル、ランス、アミアン、ルーアン、シャルトルの大聖堂、パリの北、オワーズ県にあるピエールフォン城といった中世建築の修復と、ゴシック建築をめぐる構造合理主義理論で知られる。
▼27　モルトマール（Mortemart）は、その音から死海（la mer Morte）を思わせる。
▼28　一〇九九年、第一次十字軍によりパレスティナに建設されたキリスト教王国。周辺イスラム諸国との抗争と第二次十字軍の失敗により、十二世紀半ばから衰退、アッコ港周辺に追い詰められながら命脈を保ったが、一二九一年、エジプトのマムルーク朝による「アッコの陥落」で滅亡した。
▼29　ブルターニュ固有の格闘技で、上下に分かれた衣服をまとい、相手の背中を地面につけさせれば勝ちとなる点で柔道に似ているが、組み合う姿勢や、内がけや外がけ、蹴返し、切り返しに似た足技を多用する点では相撲に似ている。
▼30　一九四八年から九〇年までフランスのシトロエン社が生産・販売した前輪駆動方式の大衆車。五百万台以上を販売し、フランス車で史上最もよく売れた十車種のなかに数えられる。「二馬力」の意。
▼31　フランスの喜劇俳優ルイ・ド＝フュネス（一九一四―八三）主演の「サントロペ・シリー

道女への暗示。

ズ」（ジャン・ジロー監督、全六作、一九六四―八二年）に登場するスピード狂のクロチルド修

▼32　地面または木製の平台の上に設えられた的の周囲に、「パレ」と呼ばれる鋳鉄製の小円盤を投げて集める遊び。ブルターニュ地方で広く行なわれている遊戯で、パレが木製であったり、糸で吊るした木靴のなかに投げ入れたりする場合など、さまざまなヴァリエーションがある。

▼33　ル・クレジオ一家が戦時中疎開していた南仏ニースの北約四十キロの山岳地帯に位置する村。本書の後半部「子供と戦争」を参照のこと。

▼34　『アフリカのひと』（二〇〇四年／菅野昭正訳、集英社、二〇〇六年）、とくに邦訳四三―五三頁を参照。

▼35　ブルターニュ北岸、コート・ダルモール県、ラニオン市の南西約十キロに位置する村。

▼36　ビグーダン地方の東南東方向、カンペルレの真南のライタ川河口の村。十九世紀末から二十世紀初頭にかけてゴーギャンをはじめ、多くの画家を惹きつけた。

▼37　戦闘機や物資・人員を敵の爆撃から守るために建設された格納庫。山に横穴を掘るか、地上にコンクリートで建造され、後者の多くはかまぼこ状の施設。ル・クレジオは英語の bunker の語を用いている。

▼38　ドゥワルヌネの西隣に位置し北側がドゥワルヌネ湾に開けた、当時人口千三百ほどの村。

一九三六年以後プーラン・シュル・メールが正式名。ル・クレジオ夫妻の住まいがある。
▼39　ル・クレジオは一九四〇年四月十三日、ニースで生まれた。
▼40　六四頁の「ニースで私が生まれて三カ月後に疎開のために（ブルターニュに）戻ってきた」という記述とは若干ずれる。
▼41　ブルターニュ地方、フィニステール県シザン岬西端のヴァン崎とラ崎に南北を囲まれた湾。周辺のイロワーズ海はとくに冬場にしばしば天気が荒れ、ヨーロッパ有数の危険な海域とされる。
▼42　ジャージー島はノルマンディのコタンタン半島西側、サン・マロ湾の沖合に浮かぶイギリス王室直属領の島。国家元首はイギリス国王であるが、植民地や海外県とは違って高度な自治権を有し、イギリスの法律や税制は適用されない。第二帝政に叛旗を翻したヴィクトル・ユゴーが亡命していた島として知られる。サン・トゥーアンは島に十二あるイギリス国教会司教区中最大で、島の北西端に位置する。
▼43　小説家・劇作家のジュール・サンドー（一八一一—八三）の小説、一八七一年刊。十二人の少年を乗せてブルターニュの南隣、ロワール河口に近いプーリガン湾に出た小舟が暗礁に衝突し、無人の離れ小島（「カモメの岩」または「穴あき島《ピエール・ペルセ》」）に漂着する。危険が差し迫るなか少年たちは救出され、故郷の村に喝采とともに迎えられる。しかしマルク少年は船乗りになろうと心に決める。一九三三年、ジョルジュ・モンカ監督により映画化された。邦訳は『かもめ岩の冒

険』、那須辰造訳、石田武雄画、講談社、一九六一年。
▼44 前出のコスケ城を踏まえるか。巻頭写真および四六頁を参照。また、ルドゥールのおかみさんの家が「妖精の住処」と形容された(三三頁)。
▼45 ブルターニュ地域圏に属する四県のうち北西端に位置するフィニステール県のブルトン名でもある。
▼46 一年の決まった日に、決まった場所に向けて決まった経路を通って行なわれる、ブルターニュ特有の巡礼の一種で、それぞれの土地に固有の聖人に捧げられる。その起源はケルト人のキリスト教化の時代に遡る。行列を作って聖人にちなむ場所に赴き、ミサに先だって聖職者を前に告解を行ない、赦《ゆる》しを乞うとともに未来の安寧を祈る。パルドン祭が開かれる場所は、縁日の会場、民衆的な娯楽と放蕩の場ともなりえ、しばしば宗教の側からの告発を受けた。中世末期からルネサンス期に活況を呈し、十八世紀に一時衰退したが、十九世紀に現代の形で復活した。パルドン祭の対象となる聖人の数は八百に上り、ブルターニュ全体で行なわれるパルドン祭は千二百とも二千とも言われる。ゴーギャンとポン・タヴァン派、またアルフレッド・ギュー、モーリス・ドニ、シャルル・コッテらの画家が、好んで画題とした。
▼47 作家の父ラウールはイギリスの軍医で、一九五〇年までナイジェリアで地域医療に従事した。四七年、ル・クレジオは母と一歳半年上の兄とともにボルドー港から船でアフリカの父親に

会いに行き、当地に一年間滞在した。「子供と戦争」の註7、23を参照。また、前掲『アフリカのひと』、『オニチャ』（一九九一年／望月芳郎訳、新潮社、一九九三年）を見よ。

▼48 「要塞家屋」（maison fortifiée、また maison forte とも。中世にはラテン語で domus fortiと呼ばれた）とは、十三世紀から十六世紀初頭にかけてヨーロッパ全域で数多く建造された、城（château）ほど大規模でも装飾的でもないが単なる邸宅よりも堅固な建物。塔や銃眼を備え、柵や堀に囲まれていた。多くは領主の領地の周縁に建造され、領主の弟や親族、また有力な同盟者や重要な職能を果たす町人の住まいだった。貴族の称号を求める騎士の増加が背景にあったとされる。

▼49 むしろ都市社会学または都市工学の用語。

▼50 一九七五年に創設されたフランスの国立公施設行政法人で、「沿岸域・湖岸保護局」とも呼ばれる。スイスのグランに本部を置く「国際自然保護連合」に加盟しており、フランスの海岸、湖岸、河川流域の三分の一を国有化して建物の建設や乱開発から守ることを目的とする。

▼51 ミシェル・ドルナノ（一九二四―九一）はコルシカに起源をもつ貴族の家系に属する政治家で、ドーヴィル市長（一九六二―七七）、カルヴァドス県選出の国会議員（一九六七―九一、フランスでは国会議員が地方自治体の首長を兼職することはごく一般的である）。ジスカール＝デスタン元大統領の盟友で、第二次、第三次レーモン・バール内閣（一九七八―八一）で文化大

臣と環境大臣を兼任、ピカソ美術館の完成、オルセー美術館の建設、複数の地方美術館の改修に尽力したほか、村落の居住環境の改善、環境保護、少なくとも各県一村の経済的活性化を図る「百の村」計画を打ち出した。

▼52 アーサー・ヤング（一七四一―一八二〇）はイギリスの農業者、農学者。多数の著作中『フランスへの旅』（一七九二年）が最も知られる。一七八七年から九〇年にかけてフランスを三度訪れ、レンヌを中心とするブルターニュ、ピレネー、ストラスブールなど各地の村落における農事技術や道路や旅籠《はたご》の様子を観察した。大革命が勃発したパリにも居合わせたが、革命には警戒心を表明している。

▼53 ジャン＝マリ・デギニエ（一八三四―一九〇五）は、カンペール出身の作家。貧農の家に生まれ、兵士としてクリミア戦争、イタリア戦役、アルジェリア戦役、メキシコ遠征などに参加したあと、ブルターニュに戻り、農業、酒屋、煙草屋などを試みた末に、反教権主義の言辞で主任司祭の反感を買い、職を奪われて晩年はふたたび貧窮に陥った。『南部ブルターニュの百姓の回想録』（一八八九年執筆）は、その第一稿の冒頭が一九〇四―〇五年に「パリ評論」に発表されたが、残りは日の目を見なかった。第一稿が失われたものと考えた著者が書き直した第二稿が、約一世紀後の一九九八年に発見され、ブルターニュの無名の出版社から刊行された。それがジャーナリスト、ミシェル・ポラックによりラジオ局フランス・アンテルで取り上げられて話題にな

り、フランス国内で三十万部を売るとともに、イタリア語、チェコ語、英語、ロシア語に翻訳された。

▼54 ブルターニュ公フランソワ二世の死（一四八八年九月九日）の直前に起きたこの戦いには、公領内で不満をもつ小貴族たちが自らの反抗にフランス王国の力を借りようとしたこと、中央宮廷における摂政アンヌと反抗貴族たちとの闘争、フランス王国からの独立を維持したいブルターニュ公の意思、といった複数のファクターが絡んでいる。フランソワ二世の敗北は、それまで独立性を維持してきたブルターニュ公領のフランス王国への帰順を決定的にした。九一年フランソワ二世の遺児アンヌ公女がフランス王シャルル八世と結婚、ブルターニュは婚姻関係を通じてフランス王国に統合される。またブルターニュの帰順と公領からの反乱貴族や彼らを援助する外国勢力の追放は、フランス宮廷における王家と封建貴族との長い「常軌を逸した戦争」に終止符を打ち、王家の権力を強化することになる。

▼55 その代表者がパオロ・エミリオ（フランス名ポール・エミール、一四五五―一五二九）。イタリアのヴェローナ出身のユマニストで、フランス王お抱えの修史官として、ユマニスムの伝統に則ったラテン語でのフランス史『フランス人の事績』を著し、一五八一年にフランス語訳が出た。

▼56 ジャン＝マリ・ル・ペン（一九二八―）。ブルターニュ南部のモルビアン県出身の政治家。

「国民戦線」の創設者の一人で初代党首。
▼57　ジャン＝フランソワ＝マリ・ド＝シュルヴィル（一七一七―七〇）は、モルビアン県ポール・ルイの出身で若くしてインド会社に入り、商船隊員としてインド洋と中国近海を、また晩年は商船長としてソロモン諸島、ニュージーランド、オーストラリア、さらに太平洋を横断し南米ペルーに至った海洋冒険家。ルネ・デュゲ＝トルーアン（一六七三―一七三六）はサン・マロ生まれの私掠船《しりやくせん》（政府公認の海賊船）船長で、ルイ十四世時代の最後の海戦でイギリス、オランダを破ったあと、インド会社取締役（一七二三）、海軍中将（二八）と、海軍の職位を超スピードで駆けのぼった。ジャック＝マリ＝ブーダン・ド・トロムラン、通称トロムラン騎士（一七五一―一九八）は、ブルターニュのプルージャン（一九六〇年にモルレ市に合併）出身のフランス王立海軍将校で、主にインド洋で勤務。七六年、小型フリゲート艦ドーフィーヌ号で、インド洋上マダガスカルの東方四百五十キロの「砂島《イル・ド・サーブル》」に十五年前に難破したユーティル号に乗船していたマダガスカル人奴隷六十名中生存していた七名の女性と一人の赤子を救出した。以来この島は「トロムラン島」の名を冠する。イヴ＝ジョゼフ・ド＝ケルグラン＝ド＝トレマレック（一七三四―九七）は、ブルターニュ南部の貴族の出の王立海軍将校で、南インド洋にある仏領ケルグラン諸島の発見者として知られる。ジャン＝ミシエル・ユアン＝ド＝ケルマデック（一七四八―九三）はブルターニュ北西端ブレスト出身の王立海軍軍人、海洋冒険家。アメリカ独立戦争に参加

したあと、九一年ブリュニー＝ダントルカストー率いる科学調査の航海に副艦長として参加、三年前に南太平洋で消息を絶っていたラ・プルーズ伯爵の探検隊の捜索を行なったが成果はなかった。ニュージーランドの北北東約千キロに位置する四つの火山島からなるケルマデック諸島は彼の名にちなむ。

▼58　十八世紀以来ブルターニュではイワシ漁が盛んで、とくにドゥワルヌネの町は富み栄えた。十九世紀にはドゥワルヌネはフランス随一のイワシの水揚げ港となり、缶詰工場が多数生まれる。近隣から加工職人が集まり、そこで働く女性たちがかぶる帽子はブルトン語で「イワシの頭《ペン・サルディン》」と呼ばれた。この表現は転じて女工自身をも指すようになった。

▼59　作家・俳優のジョルジュ・ペロス（一九二三―七八）はパリ生まれであるが、一九五九年以降妻とともにドゥワルヌネに居を構え、六〇年、日常的な素材に基づく思索、またランボー、ヘルダーリン、カフカらをめぐる評論をメモ書き風あるいはアフォリズム風に書き留めた『貼りつけた紙』（全三巻）の第一巻をガリマール社から刊行。他に、詩集『青い詩』（六二）、『ありふれた生活』（六七）など。二〇一七年に「クワルト」叢書で大部な作品集（全一巻）が刊行された。

子供と戦争

フランス
イタリア
ボルゴ・サン・
ダルマッツォ
フネストル峠
サン・マルタン・
ヴェジュビー
ロワイヤ川
ティネー川
ロックビリエール
ラントスク
ヴェジュビー川
イタリア
ブレイユ・シュル・
ロワイヤ
ヴァール川
ヴェンティミーリア
ニース
アンティーブ
地中海
カンヌ
20km
アルプ・マリティーム県

ロックビリエール村の教会

フランスにとって、第二次世界大戦は一九三九年九月三日に始まった。私は一九四〇年四月十三日にニースで生まれた。人生の最初の五年を戦争のなかで生きた。私にとってあの戦争は——すべての戦争がそうなのだが——歴史的できごとにはなりえない。自分なりに原因を分析して結果を演繹《えんえき》するような一個の事象として理解することはできない。あの戦争について客観的に語ることはできない。一つの政治状況あるいは精神状況に結びつけ、その不可避の性格を検討し、そこから哲学的教訓を引き出すことはできない。それを語るために一歩下がったところから見るということができない。ただ、さまざまな感情や感覚だけ、生まれ落ちてから物心がつく五、六歳まで子供を支えるあのあやふやな流れだけがある。

子供時代の思い出を書こうとしているのではない。それなら他の人々が、私がやるよりはるかに巧みに書いている。それに、ある種のうぬぼれをもって、私はロートレアモン伯爵こと詩人イジドール・デュカスが『ポエジー』に書きつけたモットーを自らのモットーとしてきた――「私は〈回想録〉を残すまい」

どう語ったらよいだろうか。ごく単純に、戦争は一人の子供の身に起きうる最悪のできごとだと言えばよいのかもしれない。現代の生活は私たちを破壊のイメージに慣れっこにさせた。昼ごはん時のテレビのニュースや大がかりなルポルタージュで始終それを目にする。そうしたイメージは日刊紙の第一面にでかでかと掲載され、雑誌の表紙にもなる。衝撃的で粗暴なイメージだ。通行人の取り巻くなか、一人の女の子が素っ裸で街道を駆けていく。高度三千メートルの爆撃機のなかでそんなことは気にかけないアメリカの一軍人が行なったナパーム弾爆撃から逃れようとしているのだ。ベルリン爆撃後に一人の素人《しろうと》カメラマンが撮った白黒写真では、煙の立ちのぼる廃墟を背景に何人もの子供がぼろ着姿でさまよっている。こうした戦争の画像には善人も悪人もない。敵などいない。一方に子供たちがおり、他方には大人たちの操る盲目的で獰猛《どうもう》な兵器がある。その大人たちは、制服と武器のせいでどこのだれだか同定不可能な存在だ。

子供には戦争が何なのかわからない。私自身、戦争の始まりから終わりまで、いや戦後になっても、この語を耳にした覚えがない。子供たちには、生起することはすべて普通であって、自分たちの生活がそれとは違ったものでありえるとは思いもよらない。思いもよらないのは、周囲の大人たちが言わないからだ。もっとも、「聞くところによると……」とか「……らしいよ」とか、恐がらせないよう、もって回った言い方で理解不能なことをつぶやいたりはするだろうが。しかしおそらくは沈黙のほうがいっそう恐ろしい。戦争という言葉を聞いた覚えはないが、何かが起きていたことは思い出せる、よそで、戸外で、街なかで。外出はできず、窓から外を見ることもできなかった。目に見えないがたしかに存在する脅威、禁令があったので、壁の後ろに隠れていなければならなかった。平時の幼少期と大きな違いがあっただろうか。それはわからない。あったかもしれない。一種の外在的恐怖があったことは想像できる。といっても、暴風雨が到来したときに感じる恐怖でも、だれかが扉を叩くとか威嚇してくるといった予期しない状況のなかで感じるかもしれない恐怖ではない。悪魔や魔女が出てくる物語とか、狼があたりに出没する童話とか、森のなかの鬼や魔女の住む小屋の伝説を喚起する童話が、子供たちの心に育む類《たぐい》の恐怖ではない。子供たちには想像世界の察しはつく。彼らがそうした世界を好むのは、恐い体験をすることが時として快感であるからだ。私がそうだった戦時中の子供が体験したのは、狼や魔女の物語ではなかった。それに顔も、名前も、物語もない恐怖だった。快感などなかった。一度だってあったためしがない。

私の生涯で最初の記憶は粗暴さの記憶である。戦争末期まで遡《さかのぼ》るが、初期までは至らない。あまりに強烈な記憶なので、それを体験したという事実を疑うことはできない。私はニースの旧港沿いのカルノ大通りに面した建物の七階にある祖母のアパルトマンの浴室にいた。浴室の湯はガス給湯器で供給された。ガスのにおいがした、給湯器に点火するまで一呼吸あったからだ。ガスのにおいは強烈でつんと鼻をついたのでよく覚えている。給湯器は点火していたので、いま思うに、祖母は入浴の準備をしていたのだろう。時刻はたぶん昼前だった、それより早く祖母が起床することはけっしてなかったから。入浴には何やら儀式めいたところがあった。戦時中だったが、ガスはまだ来ており、その屋根裏の小さなアパルトマンに、祖父と祖母と、母と兄と私がほとんど折り重なるように暮らしていた。

その前年にぼくらは海辺を逃れて山中に疎開していた。それからまたニースに戻ったのは、祖母が持ち金、食料、衣服を取り集めるためだったのかもしれない。ニースはイタリア軍に占領されていたが、ドイツ軍がもうすぐ到着するところだった。そうしたいっさいを知りようがなかったが、さまざまな歴史的事実からそう推論できる。爆弾の衝撃は凄《すさ》まじかった。爆音の記憶はない。覚えているのはもっぱら波動、浴室の床をぐらぐらさせたあの波動と、両足が床から飛び上がり、のどから叫び声を洩らしたことだ。衝撃、床の揺れ、落下、自分の叫び声——これらの感覚は同時に起こった。後年、大人になってから、メキシコで大地震を体験した。一九八五年のことだ。大地が液状化して、もはや確固たるものは何もなく、すべてが消滅するかもしれないというあの不思議な感覚である。とはいえ、一つ違う点がある。爆弾が炸裂したとき、私は子供で、心の動きを言葉で表せなかった。メキシコで「地震だ！」と思ったようには、「おや、爆弾だ！」とは思わなかった。何も思わなかった。私はひたすら叫んだ。その声があまりにかん高かったので、思い出そうとすると、自分ののどから出た叫びではないような気がする。世界中から発される叫びだった。私の鼓膜をへこませた轟音と区別がつかない叫びだった。それは私の身体と一つになっていた。叫んでいるのは私の身体で、のどではなかった。その叫びを自ら選んだわけではなかった。その瞬間を選んだわけでもなかった。子供にとって戦争とはそんなものだ。子供は何も選びはしなかった。

祖母の住む建物の庭に落ちた爆弾は、界隈《かいわい》のすべての窓ガラスに爆風を吹きつけた。階段を囲む壁に亀裂が入った。給湯器の火が消えた。実際にはどうだったか知らないが、祖母は私が大丈夫か、ガラスの破片でけがをしていないか確かめようと浴室に駆けつけただろうと想像する。爆風で給湯器の炎もきっと消えていただろうから、ガス栓を閉めるためでもあった。あるいは、まずガス栓を閉めてから、私の様子を確かめたのかもしれない。大人にはその種の行動がとれる。彼らは論理的だ。もちろん戦争は大人たちの問題だ。大人はどんなことにも対処でき、爆撃や地震に際してどうふるまわなければならないか心得ている。恐慌をきたさずにいられる。役立つふるまいを知っている。祖母は強い女性だった。安易に怖がったりしなかった。彼女は〈大戦争〉〔第一次世界大戦〕を、おぞましく恐ろしい一時代を生き抜いた。マルヌ川右岸にドイツ人が据えた世界最大の大砲から放たれた砲弾が、パリに向かって空を飛んでいくその音に耳を澄ませたこともあった。

祖母の住む建物の庭に落ちた爆弾は、大きな音、恐るべき轟音を立てて、窓ガラスを粉々にした。二百七十七キロの爆弾だった。今日《こんにち》、アメリカ空軍（イギリス、フランス、またどの国の空軍もそうだが）が市民に投下するのは二トン爆弾だ。そうした爆弾を投下されるイラク、アフガニスタン、シリア、リビア、パレスティナ、レバノンの子供たちのことをしばしば思う。子供たちは、かつての私のように、祖母の浴室にいて、浴槽に湯が溜まるのを眺めている。あるいは、ただ自宅にいて、おもちゃのトラックや人形やプラスティック製のコップで遊んでいる。または中庭で母さんが洗ったばかりの洗濯物を干すのを見ている。私の鼓膜をへこませたカナダ軍の爆弾でもあれほどの被害を引き起こしたのであれば、あんなに重くて威力のある、コンクリートの壁を突き抜けて地下三階まで達するような爆弾について、彼らはどんな思い出をもち続けるだろう。そこからどのようにして立ち直れるのだろう。かりに負傷しなくても、かりに一回どころか十回、二十回と爆撃を耳にする経験をしなくても、かりに何が起こっているのかが彼らにわかってはいても、「今は戦争なんだよ」と聞かされるとしても。子供たちはその記憶をどう癒されるのだろう。

カナダ軍が投下したその爆弾は、私にとって暴力の始まりを画した（その爆弾について私は正直なところ何も知らず、カナダ軍が放った爆弾の可能性があることに思い至ったのは後年のことだ。フランスの、とくにサン・マロ、ブレスト、ダンケルク、それにトゥーロン、マルセイユ――したがってニースも――といった港湾地域への爆撃を通じて、カナダ空軍はフランスへの侵入を開始していたからである）。それまでニースの住民は比較的保護されていた。ニースはコート・ダジュールであり、太陽であり、保養地であり、きれいな女性たちが冬にミンクのコートに身を包んで埠頭遊歩道《ジュテ・プロムナード》▼1を闊歩《かっぽ》する町だった。それまで戦争はよその話だった。それはフランスの向こう側の端での、前線でのできごとだった。やがて境界線の悪いほうの側、ドイツに併合された領土でのできごととなった。南側――ニース、カンヌ、アンティーヴ、そしてサン・トロペやラマチュエルを経てトゥーロンまで――は、紛争の「よいほうの側」だった。そこには裕福な芸術家、作家、映画監督らが避難してきた。一九四〇年代の写真には、イギリス人遊歩道《プロムナード・デ・ザングレ》〔ニース海岸沿いの有名な遊歩道〕を散歩する粋な身なりの紳士やきれいな婦人が写っている。写真家はもぐりで、こうした幸福な人々、裕福な人々の写真を撮って生計を立てていた。祖母の写真を見たことはないが、写真に写った婦人たちのなかにいても少しもおかしくない。祖母は、長いワンピース、クローシュ帽、毛皮のオーバーに黒のパンプスという一九〇〇年代に流行したいで立ちの美しい女性だった。戦争が始まる少し前、ニースで暮らすことを夫とともに決めた。パリではすべてをなくした――対独敗北▼2のせいではなく、むしろ人民戦線や、三一年の財政危機や、家賃支払い猶予の期間延長のせいだった。祖母たちの予想もしないことだった。二人は銀行から借金をしていた。銀行は情け容赦なく、貸した金を返せと迫った。しかし乏しい家賃収入では、手数料を返すことすらできなかった。買い値よりも安く売りさばいて、遠くへ行くしかなかった。破産した多くの人がするように、祖母はニースを選んだ。太陽があり、海があり、家賃はまだ安かった。それに、モーリシャス生まれの祖父が言うには、「太陽が固形糊《こけいのり》みたいな」パリはもうたくさんだった。

したがって、戦争とは言っても、ニースではオペレッタのなかの戦争に似ていた。占領軍はイタリア軍だった。イタリア人は優しい、それは周知だ。きれいな制服を着て、雄鶏の羽根飾りのある帽子を被っていた。母は金髪の美人で、イタリア兵たちを魅了した。街なかで、カルノ大通りの上り坂を行くときなど、イタリア兵が買い物の荷物を運んでくれた。彼らは女性に親切だった。山間《やまあい》に疎開するときも、たいして危険な経験をするようには感じなかった。街道を歩き回ったり往復したりすることはまだできた。

カナダ軍機が爆弾を放ったのはそんなときだ。狙いはおそらく、ドイツ軍が海岸沿いに設《しつら》えた大桟橋、起重機、大砲といった港湾施設だった。しかし的を外し、爆弾は滑空しながら軌道を逸れ、祖母の住む建物の庭に落ちた。その爆弾が自分にとって暴力の始まりだったと言ったのは、それが太鼓の一打、銅鑼《どら》のとどろき、訓戒の衝撃となったからだ。爆弾は母や祖母に、ぼくらのようなすべての人間に、「ほら見ろ、猶予はないぞ、もうごまかしは利かないぞ」と伝えにきたのだ。

太鼓の一打と言うのは（爆弾は雷鳴にたとえるほうが的確だろう）、あの大音響はぼくら（祖母と、母とその子供たち）の生活を文字どおり一変させたという意味だ。それまでは、境界線を越えてニースに居を構えれば、戦争はぼくらを追ってはこまいという幻想のなかで生きてきた。

だが、戦争はニースにもやって来た。イギリス軍、アメリカ軍、カナダ軍がフランス侵攻計画を実行しはじめた。ドイツ軍は境界線を越え、南仏を攻略する決意を固めた。彼らはイタリア軍を信頼していなかった。太陽を求めて逃亡した人々、投降兵、金持ちらを引き受けることに決めた。ユダヤ人も引き受けることにした。だが、なぜぼくらが？
　ぼくらはユダヤ人ではない。金持ちでもなかった。何ら恐れることはなかった。しかしぼくらは父親により、祖父により、イギリス国民だった。モーリシャス人は当時存在していなかった。[3] ぼくらはドイツ人が最も忌み嫌う国民に属していた。私が生まれたとき、ニースにはイギリス代表部がなかったもので、父は母に、米国領事館に届けを出すよう依頼した。米国領事はオ・ジルヴィーという名のアイルランド人だった。私の父母とは知り合いだった。その人物は母にこう警告した――「ドイツ軍がやって来ます。ここを離れてどこかに隠れなければなりません、さもないとあなたもご家族も全員が強制収容所に監禁される危険があります」。当時の多くのフランス人と同じく祖母がイギリス人を忌み嫌っていたことを思えば、これはかなり皮肉なことだ。しかしドイツ軍は細かい区別はせずに、だれかれなく監禁するだろう。ぼくらは収容所に送られるに違いなかった。

　避難場所はニースの後背地のヴェジュビー渓谷にあるロックビリエールという小さな村だった。母と祖母はなぜこの村を選んだのだろう？　だれがそこを勧めたのだろう？　この選択には、当時（四〇年三月）ニースのユダヤ人コミュニティーの一部を受け入れていた同じヴェジュビー渓谷のサン・マルタン村と、何らかの関連があるのだろうか。この二つの村の住民が惻隠《そくいん》の情を示したのだろうか。その後、二つの村の住民はイタリアからの不法移民をとても寛大に遇するだろう。ドイツ軍がプロヴァンス地方に侵入してくる時点で逃亡者をかくまうのは、勇気と決意の証《あかし》となった。ロックビリエール村とサン・マルタン村の住民は報復を受ける危険を冒していた。村に残る男たちも監禁され、収容所に送られかねなかった。それ以上に注目すべきは、ヴェジュビー渓谷のこの二つの村で完璧な連帯ができていたことだ。密告も異論もなかった。村人全員が例外なく逃亡者を支援した。ロックビリエール村でぼくらを受け入れてくれた一家は、一階が物置として使われている家屋の二階を、二人の女性と一人の老人と二人の幼い子供から成るぼくら一家に開放してくれた。大英帝国民、それはすなわち占領国の敵であったのだが。サン・マルタン村では、同じ山間の住民がユダヤ人家族を幾組も受け入れ、家に住まわせ、万事が困難な時期であるのに生活の支援をした。ぼくらが生き延びられたのはおそらく、彼らの揺るぎない、しかも淡々とした勇敢さのおかげである。

子供はもちろんそんなことを知らない。引っ越しは小型トラックで行なわれたはずだ

——山道を祖母の自家用車で走るなど論外だった。過去の遺産であるストローイエローのド・ディオン・ブートン社[4]製の車はスパイたちの目を引いただろうから。このような状況で、子供にどんな説明がなされただろう？　旅行に出かけるよ、ヴァカンスに行くのさ——それだけだった。行先のアドレスは残さなかった、あまりに危険だから。八千キロ離れたアフリカにいる父は何も知らなかった。いや、もしかしたら、アメリカの外交筋、オ・ジルヴィー氏を通じて、行先の情報抜きで知らされていたのかもしれない。ご家族は安全な場所にいます、といった具合に。父がフランスに戻ってぼくらと合流し、ぼくらがイギリスに渡る手助けをしようと考えたのはこのときだろうか。ナイジェリアをカノまで北上し、トラックに乗ってサハラ砂漠を縦断し、アルジェから船で南仏に戻るつもりだった。やがて北アフリカに残留していた自由フランス軍[5]のさるフランス人将校の拒否に遭う。この将校は、父がイギリス人であり、イギリス海軍はメルセルケビール海戦[6]でフランス艦隊を沈没させたがゆえに、父の通行を拒否したのだった。さもなければ、フランス将校のこの拒否がきっかけで、母と祖母がドイツ軍を逃れるのにニースの後背地に移り住んだのか。四〇年に降伏したフランスのような国には、もはや連帯はなく、法も尊厳もなかった。復讐と妥協がはびこっていた。古い怨恨のせいで人の目が曇り、まだ何かできる人々、蜂起したり武器を取ったりできる人々は敵を取り違えていた。イギリス人を助けるくらいなら、勝者の背後に回り、そちらに手を貸すのだ。まさにそんな態度が降伏を説明するのかもしれない。

ラディゲが『肉体の悪魔』の冒頭で語っているように、戦争は私（子供たち）にとって四年にわたる長い休暇だったと言えるだろうか。ぼくらは幼すぎて、年端のいかない男の子にとって自分たち以外に自由な身の男性がいないという状況が意味する幸運が想像できなかった。ぼくらはたしかに、ほぼ女性しかおらず、男がいてももっぱら子供か老人ばかりであるような世界で暮らしていた。そのことが、ぼくらにとって何かを変えただろうか。人生最初の数年、私は父親なしで育った。父はアフリカの赤道地帯で医師をしていた。[7] 父がいることは知っていた。母は毎晩、ぼくらに会えなくて寂しがっている「パパ」のために短いお祈りをしましょうと誘った。それは少々抽象的だった。その「パパ」は「サンタ《パパ・》クロース《ノエル》」でもありえた。パパは手紙をよこさなかった、写真を送ってくることはなかった、監獄に入っていたのかもしれず、そもそも存在しないのかもしれなかった。それをぼくらは寂しく思っただろうか。それを知るすべがあるだろうか。面識のないだれかの不在を寂しがることができるのか。

　しかし人生の最初の数年を女性たちに取り巻かれて過ごしたことは、私のなかで戦争というもののとらえ方をたしかに変えた。戦時中にどれほどの人命と金と資源が失われたか知られている今日でも、集団的精神のなかで戦争はある種の高貴さを保持している。勇敢さを称えられる人々もいれば、狡知を褒めそやされる者もいる。偉大な指揮官の天分や、あの恐るべき歳月に人々のなかで発揮された美質が称揚される。しかし女性や子供は話題にならない。話題になるとしても、人命の喪失とか市民の虐殺とか、おぞましいできごとを嘆くためだ。それを言うのに最近、一つの表現が発明された。「巻き添え被害《コラテラル・ダメージ》」という言葉だ。すなわち、女、子供は戦争の付随的要素であり、彼らのなかの負傷者や死者は記載され数え上げられるものの、それは家畜の損失、建物の破壊、金の備蓄や糧食の略奪についてそうするのと変わらなかった。女、子供は犠牲者ではなく「損害」だったのだ。彼らはけっして英雄になることはないだろう。英雄とは、ジェローム・デイヴィッド・サリンジャーのすばらしい短篇「エズメに――愛と汚辱のうちに」〔『九つの物語』一九五三年所収〕の語り手が書いたとおり、むしろ饒舌家のなかに探すべきなのだろう、イギリスで将校たちのミサに出る際に、呆気《あっけ》にとられた一介の兵士に見つめられながら、太鼓を打ち鳴らして自らの入場を告げさせたあのヘミングウェイのような。

戦争を女性たちに囲まれて経験するのは、不安であり、心地よくもあった。不安なのは、女性は（祖母のように強い女性であっても）外で起きている事態を制御できなかったからだ。あの時期、女たちは男の絶対的権威に服することがありえたように、戦争に服していた。私には明らかにそのことが理解できていなかった――それでも子供というのは、ごく幼くても、大人が隠し事をしていると推量し、嘘をついていることを本能的に感じとる。一つの脅威があった、しかしそれはどこから来ていたのか。外からであるのは間違いなかった、窓に紙を貼って灯りが漏れないようにしなければならなかったから。肉や牛乳や野菜を売っている村の中心まで祖母や母に付いていく時間を除いては外出できなかったから。脅威が外から来たというのは、死があったからだ。「死」という言葉があった。三歳や四歳でも、この語はすでに何かを意味した。この語は会話のなかで女性たちの口に上った。「だれだれさんが死んだわ。だれだれさんが殺された」。それは目に見える死ではなく、見えない死だった。実際には覚えていないが、「死んだ」とか「殺された」といった語をよく耳にしたはずだ。

そんなふうであっても、その暮らしはまた心地よかった。間違いなくとても心地よかった。

ぼくらが住んでいた建物二階のアパルトマンは、ロックビリエール村の一番高い場所に位置していた。とても小さな住まいで、台所代わりの部屋と、食堂、祖母の寝室、母と兄と私の寝室、それに祖父用の小部屋があった（祖父は祖母がいやがるほどのヘビースモーカーで、冷めた煙草のにおいがした）。ぼくらが戦時をすごしたのはそこである。その住まいをあれほど快適にしていたのは、女性的な空気だった。人目には狭苦しく映っただろう、騒がしくて要求の多い幼い子供が二人もいればなおさらだ。私には逆に、そこが温かく快適で、一種の繭《まゆ》のような世界だったという漠たる記憶があり、そこで兄と私は危険から守られて成長した。空気は灰色で湿気を含み、外は寒いが屋内は人いきれの熱気で温かかった。厚い鎧戸《よろいど》が閉ざされ、室内は電灯で隅々まで明々《あかあか》と照らされ、すき間には詰め物がされて音を消していた。上下の階にはだれも住んでいなかった。一階の物置はいつも暗く、そこに行くと、袋に詰めて保管されているサツマイモやらダンボール箱やら木箱やらの亡霊じみた形態が見えた。土のにおい、黴《か》びたにおい、山間の村々の通りに残って消えないあの冷めた煙のような漠としたにおいがした。

心地よいもの、それはとくに祖母のスカート、セーター、スカーフだった。母は、昼間は短いスカートをはき、夏には半袖のブラウス、冬にはウールのオーバーを着込み、一九三〇年代のスポーツ選手のような風体だった。ぼくと兄は祖母と母の間を行ったり来たりした。二人の体に外界のにおいを、草のにおい、枯葉のにおいを、とりわけ冒険のにおいを嗅ぎとるためだった。

ロックビリエール村での戦中の数年を思い起こすとき、私を浸すのは母胎のイメージである。あのアパルトマン、それがあった灰色の石造りの小さな家屋、周囲の風景、霧に包まれた山々、背の高い草の茂ったヴェジュビー渓谷——そうしたものすべてが、誕生後も母親の子宮のなかに居つづけている印象を与えた。血が脈打ち羊水が渦巻くのを胎児の自分が感じている、狭く、温かい、閉ざされた世界、まだ離れたい気持ちにはなれず、平和と安寧の最後の数刻を味わっている世界である。奇妙な話だ、その世界は泡粒に似て、外界の苛酷さから本当に私の身を守ってくれるわけではないからだ。私の記憶が私を欺《あざむ》いて、こんな退行を私に強いる。先ほど話題にした、今日戦火のなかで、現に戦争が起きている国々で生きる子供たち、まだよちよち歩きで大人が遣《つか》う言葉を二言三言しか話せない男の子や女の子にとっても、事情はかつての私と同じだろうか。その子たちも、テントや貧民窟の一時的避難所で繭をこしらえているだろうか。その繭のなかでいわばさかさまの記憶を、爆弾やミサイルの毒を弱める解毒剤を紡《つむ》げているのだろうか。だとしたら、数年後に彼らが銃や重機関銃や鉈《なた》を手にとり、殺戮に加わることができるという事実をどう説明するのか。彼らがけっして恐怖を口にしないことをどう説明するのか。死を恐れず、体重よりも重い武器を携えて攻め込み、他の子供たちに向け、自分の母親に似た女性たちに向け、おじや祖父の顔立ちをした老人たちに向けてそれを使用するのをためらわないことを、どう説明するのか。

戦争中の国の子供たちは戸外に出ない。屋内の、家族全員が集まるたった一つの部屋での長い日々が続く。私の祖父は窓際に座って本を読み、母と祖母は料理をしたり繕《つくろ》い物をしたりしていた。二人の子供は世界中の他の子供たち同様、目に留まるあらゆるものを使って思いつくままに遊んでいた。ぼくらは日に一度、買い物にいく祖母に付いて、橋の向こうの旧村に降りていった。ヴェジュビー街道に車の往来はなく、ぼくらは道の真ん中を歩いていく。乳母車はもう赤ん坊を移動させる役目を果たすことなく、野菜やジャガイモや暖房用の薪《まき》を運ぶ手押し車になった。村唯一の肉屋で、祖母はポトフに入れる肉の切れ端、子牛の骨、臓物を買うために並んだ。祖母は、料理にあまり上等ではない肉、蕪《かぶ》やキクイモと一日中茹でる髄付きの骨、子牛のすね肉、牛の尻尾や舌を使っていた古い時代の人だ。今日ではみじめな料理に思えるが、祖母はそれ以外のものを知らなかった。戦争が起きても、祖母の習慣はたいして変わらなかった。幼い子供たちには状況はもっと困難だった。子供たちには牛乳、小麦粉、砂糖が必要だった。とくに塩が。戦争が終わったとき私が飛びついたのは、飴でもチョコレートでもなかった。それは広口瓶に入った灰色の粗塩だった。手づかみで口に入れた。その塩が口のなかで熱くひりつく感触、満ち足りた感覚が今もよみがえる。海の味だ。

肉屋で私は祖母のかたわらに立っている。血のにおいがする。肉のすえたような、冷たいにおいだ。ハエが飛び交っている。私は三歳で、ちょうど祖母の脚が見える背丈だ。祖母の右脚の向こう脛《ずね》のあたりに化膿した傷がある。長い間、それがしかるべく手当てしなかったためにできた傷で、シチューの味付けに入れる香草を探しに行ったときに山道で転び、岩で切ったのだと思っていた。傷のうえにハエが何匹もたかっていたのに、祖母は無頓着だった。私はその様子を観察していた。自分の顔は祖母の脚から数十センチのところにあり、ハエが傷のうえを歩くのをじっと見ていた。私は何かを考えていたか。たとえ三歳であろうと、子供たちが何かを考えているのは間違いない。だが何を？　私は目を凝《こ》らしている、嫌悪感も恐怖も悲しみもない。それは一つの事実にすぎない。だからといって、祖母を慕う気持ちが失せるわけではない、祖母の思い出——祖母の生きる喜び、いろんな話をしてくれるあの話しぶり、私を抱擁し、両腕で抱きしめ、はやし歌で寝かしつけてくれるあのやり方をめぐる幼い私の思い出——の何かが損なわれるわけではない。そうしたものは祖母の一部をなしている。祖母の片脚はハエに食われている、祖母が肉屋で買う牛肉や羊肉を私が食べるのと同じだ。

ハエたちは戦争の大いなる勝者だった。祖母は、おそらく自分の潰瘍《かいよう》を思ってハエを恐れていたのだろう、ハエの発生を占領軍の企みだとみなしていた。曰く、戦前はハエの数はほどほどだった。ドイツ軍とともに大量に到来した。それは偶然ではない、フランス人の士気を挫《くじ》くための敵の計画だ。ドイツ軍が兵器のようにハエを育て、何十万匹、何億匹とヨーロッパ中にまき散らそうとしていると、祖母が本気で考えていたかどうかはわからないが、ロックビリエール村におびただしいハエがいたのは事実だ。祖父は毎朝ハエ退治に励んでいた。ハエ叩き代わりに新聞紙を四つに折り、壁や窓ガラスや蠟引きのテーブルクロスを叩きながら食堂を動き回った。それでも退治しきれなかった。ハエは無敵だった。

食料を入手するための午前の外出は、子供にとって唯一の気晴らしだった。旧村に向かう道は、大きくカーブしながら下り坂になっていた。今振り返ると、とても遠く、とても長い時間がかかったように思われる。道端の石、川べりの草原、山の斜面を一つ一つ眺めることができた。左手には高い「見晴らし台の丘」があった。なぜこの名前を憶えているのだろう？　ある朝、兄が、この丘がそこに建っている家々もろともまもなく崩れ落ちると予告した。そんな夢を見たのだ。ところがそのとおりになった。地震が起きて、見晴らし台が崩落した。この話は当時から知っていて、まるで実話のように私の記憶にはめ込まれている。兄が夢を見て、それが正夢になったのだ。今なお、この話はめまいのように私の心を乱す。まだ間に合ううちにその話を聴いていれば、何人もの命を救い、破壊を止めることができただろうから。駆け寄って、「逃げなさい！　ここから離れて。すべてが崩れ落ちますよ！」と叫べば事足りただろう。しかし夢を警戒する人などいなかった、兄の話に耳を傾ける人などいなかった。

しかし今となっては、この話が嘘だったことを知っている。見晴らし台を破壊した地震は、私の誕生よりはるか前、戦前に起きていた。それを夢に見たのは私だろうか。だとしたら、いつ？　戦争のさなかでは、子供たちは現実について何も知らない、言葉を耳にして自分の物語を作り上げる。

ぼくらは橋まで道を下っていく。橋の手前の、湾曲した川の内側に草が丈高く伸びた大きな草原がある。そこは心惹《ひ》かれると同時にこわくもある魔法の場所だ。マムシの棲《す》む草原だから。晴れた日には、ぼくらはあえてそこに足を踏み入れる。祖母と母は杖を携え、マムシが逃げていくように地面を叩く。冬になると川が増水するので、歩く場所がなくなる。ぼくらはあえて降りずに、マムシの草原をじっと眺めるばかりだ。

橋を渡ると教会の塔が見える。なぜこの塔は、自分にとってこれほど大事なのだろう。教会の塔として最初に目にしたものだからかもしれない。ニースでは教会に行くことはなかった。遠いうえに危険だった。占領軍（イタリア軍、ついでドイツ軍）は、爆撃に備えて、港の教会の列柱の間や鐘楼の四方にけばけばしい色合いの大きなシートを張り巡らして隠した。港は、障害物を置いたジグザグの減速路《シケイン》がそこここにあり、鉄条網でふさがれていた。港の周囲の建物の壁は、緑、黄、カーキなど色とりどりに塗られていた。私がそんな光景を目にしたのは、戦争が終わり、ぼくらがはじめて港の教会に降りていったときだ。

ロックビリエール村では、教会の塔が家々の屋根の上にそびえていた。旧村に下っていくときに、教会の塔が見える。その塔が好きだったか。愛着があったかどうかは何とも言えないが、それはなじみ深い顔のようなものだった。側面が時計になっていた。それまで見たことのない物だった。文字盤には数字と針があり、お月様のようにまん丸だった。

私はまだ時刻が読めなかった――じつは十歳か十一歳になるまで読めないままだ。時計が読めることは、カブスカウト（十二歳未満のボーイスカウト）で一つのリボンをもらうための試験の一環だったが、容易に読めるようにならなかった。ロックビリエール村の柱時計のせいで時刻が読めずにいたのかもしれない。あの時計は、あるいは戦争のせいで止まっていたのか。それとも、教会の用務員が捕虜になり、塔に上って機械がふたたび動くように整備する人がいなくなっていたのか。

戦争、それは灰色である。

ニース、コート・ダジュール、それは旅行者や芸術家や画家を魅惑する。マティスは、青い海、椰子《やし》の木、花々、少女たちなどおそらくはヴィクトリア宮〔マティスのアトリエ兼アパルトマンがあった、地中海と「天使の湾」を臨むレジデンス〕の住まいの窓から見えたものを、ありとあらゆる喜悦の色調で描いた。

私にはそうしたものを見た記憶がない。ぼくらはカルノ大通りにあったイダリー荘を離れたし、そこでの最後の時期には、警報のサイレンに耳を澄まし、爆弾の轟音に身構えながら、長い時間を地下の貯蔵庫で過ごしていたからである。ロックビリエール村に着いたのは四三年の春のはじめのまだ寒いころで、覚えているのは灰色の空だけだ。引っ越し前に祖母の住まいのある建物の中庭で、ドイツ兵たちが祖母の車のタイヤを取り外そうとしているのを見たが、彼らが着ていた半コートも灰色だった。ぼくらがトラックに乗って山間に移動した夜明けの空も灰色だった。後背地の谷も灰色、それは崖を補強する擁壁《ようへき》のセメントの色、村の家々のむき出しの石の色、ぼくらがこれから暮らすことになる家の階下の物置のよどんだ空気の色だった。

夏をはじめて体験したのはそこだ。ニースにもブルターニュにも四季はあり、美しい季節と冴えない季節がある。何枚かの写真のなかで、南仏の庭でもブルターニュのサント・マリーヌの路地でも、私はカートを押している（一種のミニチュアの戦車で、車輪は小さいが、空洞部のないホイールに収まっている）。まったく記憶のない昔のことだ。そして祖母のぼろ車に母と兄と祖父とともに乗り込んで、ドイツ占領下のフランスを縦断しながら逃げ、境界線を越えると、何もかもが消え失せた。それは私が覚醒する前に、別の世界で起こったことだ。四三年の七月と八月、私にとってはじめての夏が弾《はじ》けた。

その夏のことを覚えていると言えるかどうかわからない。後年、あまりに多くの写真、ニュース映像、フィクション映画を観たし、あまりに多くの話、小説、歴史書、物語を読んだ。記憶というものは脆弱な組織で、容易に断裂したり感染したりする。私は回想の書を警戒している。その種の書物が差し出すのはしばしば矛盾に満ちた曖昧な混ぜ物、いわば原初のスープ▼8のようなもので、真実と嘘とへつらいと教訓とが煮えすぎた具材をなし、生気も味わいもないゼリーを形成している。

自分にとってはじめての夏のことを覚えているとは言えない。ただ、自分の内奥で目くるめく感覚、一つの閃光があったことは知っている。谷間の奥の陽光、穂が熟れた麦畑、川の水、大きな岩、雲一つない空。

私は三歳。その年齢で、自分がひしひしと感じることを言葉で表現できるものだろうか。「はじめて」という言葉以外にはおそらく無理だ。戦争中の灰色の風景のなか、爆撃を受けた建物の地下貯蔵庫の寒い暗がりのなかに、私の三歳の誕生日を祝うべく突如裂け目が生じた。光、自由、暑さ、川の水、草のにおい。もし戦争がなければ、もし飢餓を（食べ物への、愛情への、温かさへの飢餓を）ひしひしと感じることがなかったら、あの夏は存在しなかっただろう。他の季節と、後年の夏と、アフリカでの生活――嵐、烈《はげ》しい日差し、騒々しい夜――と、さらにはブルターニュの夏――横道に入る気儘《きまま》さ、荒れ野、大洋――と混同されていただろう。

刈り入れの時期に兄といっしょに写っている写真が何枚かある。四三年七月のことだ。ぼくらは一人の農民とともに麦畑にいる。自分の背よりも高い麦の束を抱えている。背後のはるか遠くのほうにロックビリエール村の家々があり、川のほうへ下る坂道や木々が写っている。かなり平凡な、貧相ですらある光景だ。麦畑は一ヘクタールもないほどで、何軒かの家庭に麦を供給するのに足る分だけだ。農民は四十がらみの男で、シャツ姿で、袖をたくし上げている。黒いベレー帽を被ってほほ笑んでいる。なぜ、大半のフランス人のように監獄に入れられていないのだろう。ロックビリエール村はイタリア軍に統治される地帯にあって、ドイツ軍はまだ到着していない。高地の渓谷では、戦争でほとんど何も中断されなかった。武器を携えたまま捕らえられなかった者は、ただ自分の土地に戻り、仕事を再開した。

もちろん、そうしたいっさいを私は知らない。しかし二人の幼児にとってその時期は魔法の世界であったに違いない。それは自由のひと時だった。暴力も、爆撃も、サイレンもなかった。ただ、日に熱された谷間と、ぼくらの手の皮を剝《む》く長い麦の茎と、藁のにおい、実が詰まってふくらんだ麦の束、ぼくらのサンダルが踏む乾いた土だけがあった。麦の茎はぼくらの脚に切り傷をつけ、ひげのある穂はぼくらの腕をちくちく刺したが、ぼくらは麦の束を両手いっぱいに抱え、胸に押しつけて農民のところまで運んだ。彼はそれを束ねて縛り、畑のなかに立てかけた。

魔法は時を超える。戦争のせいで現代的なものは皆無だった。もう機械類はなかった、結束機も脱穀機もなかった。人間しかおらず、手で刈り取り、いくつもの束を立て、ロバに引かせる荷車に載せて農家の中庭まで運び、納屋に入れるのだった。いかにも古いやり方で、まるで新石器時代から世界が変わらず、何も発明されなかったかのようだ。戦争が時の流れを止め、先祖返りしたかのようだった。

当時はわからなかったが、私は農業文明の最後の時期を生きつつあった。後年、ブルターニュでも刈り入れの光景を目にするが、ロックビリエールでの刈り入れと同じ経験をすることは二度とないだろう。自分の背丈より高い麦の前に立ち、ひりひりと日に焼かれながら、忘れ去られた渓谷で、鎌で麦を刈る男たちのかたわらで嗅いだあのにおい、麦の茎と穂のあの感触、――あのような祝祭を二度と見ることはないだろう。

農民たちが荷車に乗って帰ってしまったあと、ぼくらは祖母といっしょに地面に残った落ち穂を拾う。それを袋に集め、家に持ち帰り、祖母のコーヒーミルのハンドルを回して粉にする。

落ち穂を拾うというのはとても古くからある動作だ。それはぼくらが空腹なこと、小麦粉を必要としていることを意味する。ロックビリエール村の農民たちはそれを禁止しなかった。後年、中国で小説家の莫言《モーイエン》と話したとき、彼も飢饉の時期、山東省《シャンドン》高密《ガオミ》市の畑でモロコシの穂を拾ったと言った。ただし、彼の母親は刈り入れの現場監督に非難され、その意地の悪い男に顔を殴られて倒れ、口から血を流したという。彼もまた飢餓を知った、自分の母親を殴った男を自分がどれほど憎んだか忘れることはなかった。

飢餓が話題になるとき、人はたいてい、それを外側からしか知らない。

私は内側からそれを体験した。

飢えるというのは、校門を出てわが家に帰るまでの間、ただ腹が心地よい程度に少々凹《へこ》むというのとは違う。食事の用意が整い、湯気を立てる皿を前に、または色とりどりの菓子が並ぶ冷えたコンソールテーブルを前に、唾を分泌させる食欲とも異なる。トゥイラ川▼[9]上流の森を横切りコロンビアとの国境のパロ・デ・ラス・レトラスの丘まで歩いたときに実感できたような、長い歩行のあと、または身体的疲労のあとの、差し迫った欲求でさえない。そうしたすべてを私は経験したが、それは飢餓ではなかった。それは食べはじめるとたちまち満たされるただの必要ないし欲求だった。

いま話している飢餓を私が実感したのは、ごく幼いころ、戦争のさなかである。まさにそんな飢餓しか覚えていない。それは腹の凹みなどではなく、体の真ん中に穿《うが》たれた空虚だった。それも始終、刻一刻存在する空虚で、何をもってしても埋められず、満たせないものだった。夜も昼も、戸外でも屋内でも、ベッドでも台所でも、寝ていても歩いていても付きまとって離れない飢餓だった。この飢餓は大人たちもひしひしと感じていたのかもしれない。ある意味では、大人たちには私以上に嘆く権利があった。祖母はぼくら子供にニンジンの実、蕪の数切れ、ジャガイモを食べさせるために、自分は剝いた野菜の皮を食べていた。ぼくらは毎日牛乳が飲めたわけではなかった。母が見つけてくる牛乳もチーズも、子供たちに食べさせるためであって、大人用ではなかった。それでも大人は鍛えられていた。昔、子供のころにそんな体験をした、飢饉を生き延びたという意味ではなく、彼らには蓄えがあった。ごく幼いころ、空腹になれば食べるということをすれば、その後本当に飢餓を味わうことはなくなる。大人の蓄えは記憶に勝る。それは彼らの細胞に、脳髄に蓄えられるものだ。あるいは夢のなかに。彼らにはそれを話題にすることができる。自分たちの楽しい食事を思い出すことができる、そんな機会がまた訪れることを期待できる。「こうしたことがすっかり終わったら……」と彼らには言える。一九一八年にも、それより前、プロシア軍にパリが包囲され、おめでたい人々が馴化園《じゅんかえん》▼10の動物という動物を食べてしまった一八七〇年にも、終わりが来た。そのように、飢餓はいつか終わるだろうと大人は想像する。

五歳にもならない子供にはどんな思い出もない。思い出などどうしてもてるだろう。彼らは戦争から生まれたのだから、暴力のなかで誕生したのだから。

先ほど空虚のことを言った。それは身体の空虚ではなく、持続的な欠如、一個の空洞、虚空だ。これやあれといった特定のものがほしいと思った記憶はない。ぼくらには選択の余地はなかった。何もかもが不足していた。それだけのことだ。タンパク質も砂糖も塩も脂肪も足りなかった。とくに脂肪が。戦後、食糧が届きはじめたとき（まだ配給制ではあったが届きはじめたのだ）、鱈肝油《たらかんゆ》を喜んでごくごく飲んだ覚えがある。塩の結晶を舐め、魚の骨をぼりぼり嚙みくだいた覚えがある。パンもそうだ。私は三歳のころ赤痢に罹《かか》って死にそうになった、ニースで買い求めていたパンが汚染されていたからだ。小麦粉におがくずが混ぜられていたらしい。想像するに、灰色で酸っぱいパンだったに違いない。このパンの記憶はまったくないが、ドイツ占領から解放され、アメリカ軍、カナダ軍、イギリス軍がコート・ダジュールに侵入してきた際、ぼくらは（どの家庭も引換券を出せば）白いパンがもらえた。米で作られていると思った、それほど白かったのだ。その味はけっして忘れない。甘く、優しく、とろけるようで、香り高かった。ぼくらはまた、おそらく国際赤十字社の拠点から配給されたのだろう、パテの缶詰をいくつか受け取った。楕円形の大きな缶で、小さな缶切りで縁を巻いて開けると、中にはピンクの、脂《あぶら》っぽい、よい香りのパテが入っていて、祖母はそれを物惜しみするように切り、薄く切ったかの上等の白パンのうえに延ばした。はるか後年になっても、そのときのことを思い出すと、あのパテの肉がぼくらの舌に触れる感じに身震いしてしまうのはまさに、それまで何年も空腹を、激しい空腹を、抱えつづけてきたからこそである。のちにメキシコの貧しい地域を旅行中に、村の食料品店で、カーネーション社〔アメリカの食品会社〕の凝縮ミルクや工場製の袋入りパンのかたわらに、あの楕円形の缶詰を見つけた。商品名は変わって、「悪魔の肉《カルネ・デ・ディアブロ》」になっていた。ぼくらの命を救ってくれたパテが、今なぜ悪魔の名を冠しているのか。

飢餓とは、体のまん中にできた空虚をけっして埋められまいという感情である。時は流れ、私は別の世界で成長した。最初はアフリカだったが、そこでは食べ物も自由もぼくらに足りないものは何もなかった。ニースでもブルターニュでも、物資制限の時代からはかけ離れ、もはや禁止も配給もなく、したいことを妨げられもしなかった。しかしながら、自分が幼かったころのことを、戦後生まれで、私より数歳若く、フランスの農村地帯——いやパリでもそうなのだが——で成長した人々と話すとき、共通の話題が何もない。彼らは飢餓を知らない。それどころか、その時期にバターや肉や菓子を食べすぎて辟易《へきえき》したという者もいる。占領下のフランスでも、親しい者同士の会食の機会を助長するしくみが猛スピードで浸透していた。男手の大半が囚人収容所に閉じ込められ、子供たちは制限なくごちそうにありつけたからかもしれない。不運が降りかかったのは、ニースのようないわゆる「自由地帯」の町々、あるいはカンヌ、マントンのような、カジノや仮面祭りやダンスパーティのほかに何も生産しない美しい都会だった。母は食料の調達に自転車でヴァール平原まで出かけなければならず（今日ではそのあたりは古い農家に代わってスーパーマーケットや役所の建物が立ち並んでいる）、カルドン〔アーティチョークに似たチョウセンアザミ科の植物。茎を蒸し煮にして食べる〕、傷んだサツマイモ、蕪などを持ち帰った。終戦後の何年か、老人たちはパイヨン川の岸辺で開かれる市に出かけ、ぼくらが祖母と麦の穂を拾ったように、地面に落ちた野菜を拾うのだった。杖の先でキャベツや腐ったニンジンを突き刺し、恥じ入りながら買い物袋に入れるのを見た。あの老人たちは、だれからも助けの手を差し伸べられることなく、文字どおり飢餓で死んだ。そうしたすべてが忘れられない。それは私という存在の一部をなしている、戦争の歳月が私の腹や頭に穿った空虚だ。

思うに私は、夏と死を同時に知った。

一九四三年の夏はとても暑かったに違いない。気温はどれほどだったか覚えていないが、兄と母と私とでヴェジュビー川に水浴びに出かけたのを覚えている。中程度の高さ（千メートル以上）の山ではありえることだが、ロックビリエール村、ラントスク村、サン・マルタン村では光まばゆい夏だった。狭い渓谷は日の光を受ける広口容器のような地形をなし、周囲の高い山々が要塞となる。光は朝から晩まで蓄えられ輝きわたる。そよぐ風もなく、万物が熱気に喘《あえ》いでいる。ぼくらは朝、街道を通って川べりまで行く。橋の少し手前のマムシのいる畑が広がるところを下っていく。水辺ではスズメバチに囲まれる。それにアブもいて、刺されると火傷《やけど》したように肌がひりひりと痛む。そこは村から少し上流に行ったところで、大きな岩塊に挟まれた川が滝のように落下している。母がその場所を選んだのは、洗濯女たちが使う岸辺から遠く離れて水がよそよりも澄んでいるからだ。母は野生の自然を恐いと思ったことがない。ぼくらが生まれる前、カメルーン西部の山岳地帯を父とともに馬で踏破し、方々の川で水浴をした。きっとこの渓谷で、自分が好きな感覚、自由とアヴァンチュールを取り戻すのだった。このときの経験のいくばくかがぼくらのなかに残っているだろうか。巨岩の間に立って、渦巻く川の水しぶきを浴び、虫を恐がることもなく、小犬のように歩行に難儀しながらも、焼けつく日差しのなか、冷たい水など平気だと笑い飛ばしている二人の幼児。それを言葉で表すにはまだ幼すぎたとしても、私の体はあの水と日差しと身内の戦慄を覚えている。その後、大人になり、パナマのダリエン地方の川の流域を旅したとき、水とともに流れるあの自由の感覚をもう一度味わいたい、冷たい水と陽光を、いろいろな虫を、砂に隠れている魚たちにあちこち無数に噛まれる感覚を再発見したいと思ったのだろうか。ヴェジュビー川には魚はいない。いるのはただ沼地の蛭《ひる》と土手のマムシだけだ。

ここでマリオの思い出がよみがえる。以前、『さまよえる星』〔一九九二年／望月芳郎訳、新潮社、九四年〕という小説のなかで彼のことを語った。ずっと私には、マリオ抜きで戦争を想像することはできないように思えた。マリオは私の英雄、ドイツ占領に抵抗した私の知るただ一人の人だった。本で読む歴史的人物とは違う唯一の人だった。あれは本当の思い出なのか。どうしてその名を覚えていられたのか。しかしマリオは、祖母の料理人であったマリアと同じく、私の幼少期の一部をなしている。マリアは、ドイツ軍がやって来て、ぼくらが山に避難したときにニースを去った。彼女で思い出すのは、あり合わせの材料で作ってくれたニョッキの味だけだ。もう小麦粉はなかったから、おそらくはキクイモをジャガイモに混ぜたのだった。兄と私はマリアのことを心から慕っていたから、ティチーノ〔スイス南部の州〕に行ってしまったときにはひどく泣いたはずだ。

　それにしても、マリオについて何を覚えているだろう。ぼくらが川に行くときにはいっしょに遊んでくれたから、きっと十五歳くらいだった。いっしょに水浴びをして、ぼくらに水を跳ねかけたり、笑いながら抱きかかえてくれたりしたはずだ。マムシの畑という名前も彼から教わった。マリオはマムシの話をした、あるいは、マムシが隠れている一隅、日差しに熱くなっている水辺の平たい石を指さした。マリオはマムシを殺したのか。それとも、ぼくらに見せるのに巣穴から狩り出し、ゆっくりと這《は》わせることで満足したのか（本物の毒蛇はゆっくりと移動するものだ）。もしかしたら、何組ものつがいが輪差結びに絡《から》み合って交合しているのをぼくらに見せようとしたのかもしれない。いま口にした何一つとして本当らしくない。私が確信しているのはマリオが赤毛であったことだ。運搬中の爆弾が破裂してマリオが死んだとき、皆は恐ろしい、異常な言葉を口にし、何度も繰り返した。「マリオが残したのは赤毛のひと房だけ」――そう告げたのはだれか。マリオを愛していたぼくの母ではなかったことはたしかだ。ぼくらが閉じこもっていたアパルトマンにだれかがそれを告げにきた、だれかが階段を昇ってきて扉を叩き、ただこう言った――

「マリオは死んだ。残ったのは赤毛のひと房だけ」

マリオとはだれだったのか。イタリア人の彼が被占領地で何をしていたのか。この問いへの答えを私はもち合わせていない。マリオは、書物にも記念碑にも痕跡を残さない〈歴史〉の余白に属している。彼は国境と呼ばれる余白に属している。戦争の初期、いや戦争前から、ファシストたちが権力の座に就くと、山岳の高地に住む農民も羊飼いも逃げ出した。彼らは共産主義者だったのか。それともただ、ムッソリーニを取り巻く政治屋たちが代表しているものに、人種差別と外国人嫌いに基づく一つの運動の腐敗と邪悪に、嫌悪を覚えたのか。マリオは演説をぶつような年齢に達してはいなかった。彼は、むかしナポレオンの軍隊と戦った人々と同じく、山中に逃げ込んで抵抗運動を続けた。ピエモンテ地方のアウトローである彼は、家族、友人とともに、羊飼いたちが通る高地の山道をたどった。四三年にドイツ軍の進軍から逃れようとするユダヤ人が通った、フネストル峠[11]を越えてストゥーラ渓谷のサンタンナ・ディ・ヴァルディエーリまで行く道である。七十年後、ティネー川〔アルプ・マリティーム県のヴァアール川支流で、ヴェジュビー川の西を流れる全長七十キロの川〕上流とヴェジュビー川の住民に拾われた移住民[12]がたどったのも、同じ道だ。

マリオは爆弾を運んでいるときに死んだ。その爆弾をどこに仕かけようとしていたのか。

ドイツ軍の進軍を遅らせようと、どこかの橋、ひょっとしたら旧村の入口を流れる川にかかる橋の上に仕かけるつもりだったのか。二人のマリオがいた。一人は、ぼくらと遊ぶまだ子供のマリオ、ヴェジュビー川の急流に浸かり、ぼくらとともに笑い声をあげていたマリオ、高く伸びた草のなかにあるマムシの巣を観に連れていってくれたマリオ。もう一人は、抵抗運動のヒーローであるマリオ、ヒトラーとムッソリーニを憎んだあげく、朝まだきに爆弾を運んでいる途中、根っこにつまずいて落命したマリオ。

私の心をかき乱すのはおそらく、歴史のこの部分だ。それは、戦争とは子供を殺すものであることを理解させる。戦時中に生まれた者は、真に子供でいることができない。

マリオが求めていた目的が何であれ、武器を運搬する子供は子供ではなくなる。その子は人生の別の年代に属することになる、別の時代に入ってしまったのだ、粗暴で、獰猛で、仮借ない時代に。大人の時代である。

しばしば子供の兵士が話題になる。ナイジェリアのケン・サロ゠ウィワは『少年兵』[13]のなかでそれを描いた。ああした戦争の時代におけるにせの英雄主義を嘲笑する小説である。子供のころ、ベーデン゠パウエル[14]の書いた物語を読んだ。それはすべてのボーイスカウトに課せられた読書で、（疑似軍隊の、宗教界の）権威ある人々が極端に高く評価していた。

子供たちにとっての一つの模範とされた。南アフリカにおけるボーア戦争▼[15]の時代に、武器を運んだり情報を流布させたりするのに、反乱軍がどんなふうに子供を徴集していたかを示すものだ。犬や伝書鳩を訓練するのと変わらなかっただろう。ベーデン＝パウエルはスワヒリ語で「インピーサ」、眠らない狼、のあだ名をつけられていた。人間には狼に匹敵する価値があると信じられていた時代だ。こうして男の子を未来の戦闘に向けて準備させたのだが、それはボーイスカウト、ついでグリーンベレー、ついで空挺兵《パラシューテイスト》という系譜に沿うものだった。

　まさしく、私が十七のとき、フランスは植民地支配を維持するために、アルジェリア人に対して容赦のない戦争をしかけた。ニースの高校の同級生の一人が、この戦闘に関与していた。資金を運搬したり、情報を伝達したり、スパイをしたりして、アルジェリア民族解放戦線を支援していた。この同級生のことはよく覚えている。憲兵の息子で、敵の連絡先に書類や、金品入りのトランクを届けていた。その後どうなったのか、あの危険な時代を生き延びたのかどうか知らない。少年兵のことを聞くたびに、新聞や雑誌で読むたびに、幼い兵士が冒している危険を知るたびに、マリオのことを、草原に火口のように穿たれた穴の底に残った彼の赤毛の房を思った。山を越えて逃げなければならなかったユダヤ人の子供たちのことを思った。

戦時中に生を享《う》けるということ、それは意に反して、知らず知らずのうちに証人になることだ。近くにいながら遠い証人、無関心《アンデイフエラン》なのではなく一羽の鳥や一本の木のように異質《デイフエラン》な証人に。その場にいて、たしかにそれを生きた。しかしそれが意味をもつのはひとえに、後年（遅すぎるほど後に？）他人から教わったことを通じてだ。

ぼくらはロックビリエール村の子供だった。そこから十キロも離れていない、川の上流のサン・マルタン・ド・ラントスク（今日のサン・マルタン・ヴェジュビー）村では、一九四三年の夏、村人たちは一つの悲劇を生きた。女も、男も、ぼくらの年齢の子供も、ドイツ軍の到着を避けて、山を抜け、フネストル峠を越えてイタリアまで行った。それが起きたのは、ぼくらがヴェジュビー川へよく水浴びに行ったあの夏、マリオと遊んでいたそのときだ、彼が爆弾を抱えて死ぬ数日前、あるいは数週間前のことだ。あの川の水を、草原を、夏の暑さを思い出す。サン・マルタン村のユダヤ人たちのことが想起される。ぼくらが無邪気に遊んでいる間に、彼らはフネストル峠の急流沿いの山道を歩きはじめた。スーツケースをもち、石ころだらけの道を、カートを引いた。日差しを避けるのに雨傘を差した。立ち止まっては、カラマツの木陰の石に腰を下ろして休んだ。老人や妊婦もいて、赤ん坊は乾いた草にじかに毛布を敷いて寝かされた。空は強烈な青さだった。渓谷の端にはジェラ山の高峰〔三一四三メートル〕が越えがたい壁のように立ちはだかっていた。日がな一日、彼らは歩いた。一部、最も若い者たちは、夜になる前に峠を越えた。けれども他の者は、戸外で夜を明かすべく、聖母礼拝堂のところで停まった。高山ではよくあることだが、その夜は雨が降っていたのかもしれない。一同は一時しのぎのテントを張り、礼拝堂のポーチか避難所の廃墟で雨宿りをした。

たとえこの逸話が認知も称賛もされていなくても、たとえこれが世界中で何百万もの死者を出した戦争の展開のなかの一コマにすぎないにしても、私はそこに立ち戻らずにはいられない。その瞬間、同じ空の下、同じ雲の下の、わずか数キロ離れた地点にいたからだ。

同じ話だろうか。はるか後になって母が、渓谷のもっと低い、ロックビリエール村のそばで起きたことを話してくれた。ユダヤ人がフネストル峠を越えたことは知られている、歴史家たちがそれに言及している（アルベルト・カヴァリヨンはイタリアで刊行された『異国の夜に』〔二〇一二年〕で、このできごとを語っている）。サン・マルタン村のユダヤ人のいくつもの家族がイタリアのストゥーラ方面に逃げたものの、ボルゴ・サン・ダルマッツオ〔イタリア、ピエモンテ地方、クーネオ州の州都クーネオ市に隣接する町〕でファシストの民兵に捕らえられ、ヴェンティミーリア〔ニースの東北東三十キロに位置するイタリア、リグーリア地方インペリア州の町〕からニースへ列車で移送されたあと、ニースからドランシーに送られた。▼[16]

四十年後に母が語る話はどこにも書かれてはいない。ヴェジュビー渓谷の住民だけが知っている話で、母はそれを人づてに聞き、私に伝えた。ここでも私は物語の一部をなしている。マリオを木《こ》っ端《ぱ》微塵《みじん》に吹き飛ばした早朝の爆発と同じく、理解できないままに、かつておそらくその音を聞いたはずだからだ。国境を越えてフランスからイタリアに行こうとする逃亡者の一団がいた。彼らがベルトモン〔ニースの北五十五キロにある、ロックビリエール村に属する小集落ベルトモン・レ・バン。その名のとおり、温泉療養地として知られる〕に向かう道を選んだ理由は、おそらく、ニースからやって来ていたためにフネストル峠に行きつく時間がないのではと恐れたのだ。ベルトモンから国境まではすぐのように思えるが、そこに落とし穴があった。村の上方の山道は、高い山々の稜線に向かってとぎれなく広がる斜面や農家が散在する大きな放牧地を、徐々に登っていく。彼らが知らずにいるのは、ドイツ軍がすでに放牧地の高みに国境監視台を設置してあったことだ。男も、女も、子供も、日差しの下を歩いていく。青空の下に広がる大きな牧草地はきっとすばらしいものに見えたことだろう。平和が君臨する理想の国に、いわばスイスに到達するために、戦闘の続く地獄を逃れるのにも似ていたはずだ。道の曲がり角で、彼らはドイツ軍の巡察隊の不意打ちに遭う。男も、女も、子供も、全員が機関銃で容赦なく銃撃される。草原でのことだ。死体は兵士の手で（囚人の手で、かもしれない）溝にぞんざいに埋められ、その上からまた土が被せられる。やがて墓の上にまた草が伸びる。そんな様子をだれかが見ていた。ひょっとして羊飼いか、あるいは殺戮をうまく逃れることができた逃亡者の一人か。そうしてそれが、その山の記憶に残る、草の、農地の、銃撃音におびえた鳥たちの記憶に残る。国境の山々の人けのない断崖に反響した轟音のこだまのなかに残る。私のごく近くで鳴り響いたからには、きっとそれを聞いたはずだ、巨岩の間を滝のように流れ落ちる水の音に混じる嵐のようなとどろきを。

子供のころにそんな音を聞いて、人は変わらずにいるだろうか。忘れることができるだろうか。記憶は言葉にとどまらない、物語にとどまらない。

それは過ぎることのない時間だ。平時には子供たちの生活は、日ごとに、いろいろな活動、出会い、遊び、祭りによってリズムを付けられている。屋内に閉じこもっていたぼくらには、毎日が同じだった、毎夜が似通っていた。年端の行かない子は、たとえ自分が一つの家庭、一つの国に属していることがわからなくても、それが存在すること、内と外があり、もろもろの境界があること、一個の家があり、その向こうには未知なもの、異質なもの、危険があることを推しはかりはする。

四四年末にアメリカ兵がロックビリエール村にやって来て、自分もそれに立ち会ったことは知っているが、本当のところは覚えていない。兄と祖母と母と四人で、ぼくらは村の入口の道端に立っている。装甲車は雷鳴のような音を立て、その後ろに無限軌道で進む戦車が続く。人が何度となく話すのを聞いて覚えているのは、兄がすでに交通法規をとても気にかけており、解放軍の車両がそれを守らない点にとても憤慨していたことである。当時、山中の道路では、カーブする箇所に二車線があり、一つは迂回する上り車線、もう一つは直進する下り車線だった。トラックや無限軌道車はふいに進路を変え、下り車線を逆走した。

ぼくら子供が（村の少年少女たちと）道を走りながら、アメリカ兵にチューインガムやチョコレートをねだったというのは本当だろうか。アメリカ兵たちよりも先に、ドイツ軍が子供たちにチョコレートを配りながらロックビリエール村を横切ったことがあり、祖母がぼくらからそのチョコレートを取り上げ、まるで毒物のように投げ捨てた、というのは本当だろうか。ベトナム戦争に徴用された（もちろん共産主義陣営に）中国の小説家阿来《アライ》〔一九五九―〕に聞いた話であるが、ハノイの中国占領軍はベトナムの子供たちに配る板チョコを受け取っていた。一人の老女が、彼女の孫に彼が与えた板チョコを取り上げ、側溝に投げ捨てたという。

　戦時中に生まれた子供は、自分を取り巻いているものについて何も知らない。そのためだろうか、祖国解放《リベラシオン》の少し前、母が敗走していくドイツ軍の様子を鎧戸越しにぼくらに見せた。わが家の沿道に、ヘッドライトを灯したトラック、戦車、音もなく進んでいく歩兵たちが見えた。後になって知ったことだが、それはリビアから来てドイツに帰還しようとしている撤退中のドイツアフリカ軍団▼17の残留部隊だった。どういうわけで、わが家の窓の下を通ったのだろうか。ロンメル元帥の名は私の記憶に反響しているが、彼が逃走中のこの部隊にいなかったことは確実だ。空路ベルリンに戻り、そこでまもなく自殺を遂げるのだから。こうした数カ月、いや数年の間というもの、すべてが私の精神のなかで入り混じっている。祖国解放、それは大人のものだった。ぼくら子供にとっては何も、だれもぼくらを解放してくれたわけではない。ぼくらは一日一日を生きていた。私の最初の記憶、ずいぶん前に終戦を迎えていたが、それはニースだ。私は海辺にいて、アルパン猟兵▼18の制服姿の、叔母の夫ジョルジュ・ボルシュネック大佐がぼくらにアイスクリームを買ってくれたときのことだ。アイスクリームを味わうのははじめてだった。大佐のベレー帽も被らせてもらった。忘れられない思い出だ。

戦後になっても、他から切り離され閉じこもって過ごしたあの日々を忘れ去るのはむずかしい。ニースのレゼルヴ海岸で、ぼくらが山国の子供の服装で写っている一枚の写真がある。四五年の冬のことだ。高地の渓谷にいたときのように、いぜん羊革の上着をまとい、ゲートルを巻いて軍用靴を履いている。ねぐらから引きずり出された二人の野生児のように、日差しを受けて顔をしかめている。ぼくらがそこから出るには時間がかかるだろう、かりにそこから本当に抜け出たとしての話ではあるが。空虚、飢餓、恐怖、無知を消し去るには、時間がかかるだろう。世界の向こう側の端、ナイジェリアへの旅が必要だろう。クロス川近くの藪に覆われた奥地での限りない自由が、嵐の空や夜聞こえる野獣の鳴き声が必要だろう。

それまでは、戦後とは遅々として困難な歩みだった。山を離れ、ぼくらが大きくなったうす暗くて陰気な巣を離れ、街なかに戻ること。飢餓を忘れること。子供時代、一番むずかしかったのはそれである。窮乏は続いた、米軍が来てからもそうだった。ぼくらはふたたび七階の屋根裏にある祖母のアパルトマンで暮らすようになったが、じつのところ何も変わってはいなかった。食べるために、石炭やおがくずや衣料を手に入れるために格闘しなければならなかった。並んで待たなければならなかった。牛乳、食用油、ラード、さらに煙草（祖父は家族全員の分を吹かしていた）にいたるまで、品目ごとに家族一人ずつに割り当てられたあの周知の配給券が必要だった。私の腹の中心に、精神に、肺に、空虚が穿たれつづけた。何も保証されていなかった。死は相変わらずそこにあった。私が建物の中庭に出ると、祖母の隣人の一人が拍手した。その男の人はとても大柄で頑健だったので、手を叩く音が銃撃のように響きわたった。それは私を呼ぶ独特の流儀だった。オジエという名前で、わが家の友人の一人であることは知っていた。みんなで彼の家を訪ねると、私を両腕で抱き上げてくれた。「対独抵抗者《レジスタン》」という語を知ったのも、あるいは彼のおかげかもしれない。ドイツ占領下で、彼はあるネットワークの一員で、暗号によるメッセージを流布させ、ユダヤ人を守った。だからオジエさんは「対独抵抗者《レジスタン》」で、私はこの語を

「巨人」とか「彼はとても強い」といった意味に受け取っていた。ある日、オジエさんが死んだことを知った。腸チフスにかかり、数日のうちに死んでしまったという。病気は彼の腸壁を蝕《むしば》み、穴をあけるほどだった。巨人だったのに。私が中庭に出ると拍手をしてくれたのに。戦争とはこれなのか。だれかがいて、皆に好かれているのに、不意にいなくなってしまうということなのか。

子供時代のこの大きな空虚、それを私はどう埋めようとするのか。家のなかに閉じこもり、腹を空かして孤立していたあの失われた歳月を、どうすれば取り戻せるのか、どうすれば許容できるのか。

私には、生まれたときも幼少期もずっと、まるで孤児のように、拾われた捨て子のように、父が不在だった。しかしこの不在、この放擲《ほうてき》を言葉にしたところで、それを甘受する覚悟ができるわけではない。父がぼくらから離れていったのではなく、子供と父親を引き離したのは混沌状態にあった世界だからだ。父にとっては、遠く離れていることは何でもなかった。父はそれを受け入れたうえで、大英帝国軍の軍医に志願し、南米の英領ギアナに、ついでカメルーンとナイジェリアに赴任した〔註7を参照〕。それは父の人としての務めの一部をなしていた。父は、妻と子供たちができるだけ早く彼に合流できるように計画を練った。母が私を身ごもったときにはまだおおむね平和で、父は三月か四月に休暇を取って出産に立ち会うつもりでいた。戦争が勃発し、数週間のうちにフランスが破れると、父は自分の思い違いを悟る。父を不安に陥《おとしい》れたのはフランス軍の敗北だけではない、それは妻と子供たちが身動きできずにいる国に蔓延しつつある裏切りの風土だった。戦闘の初期には、母に宛てた父の手紙はまだ楽観的だ。父は母に、ブルターニュの、戦闘地域から可能なかぎり離れたところに行くよう勧める。ドイツ軍が国の北部全域を大西洋岸まで占領すると、父は家族と合流する希望がますます不確かになるのを理解する。サハラ砂漠を縦断して妻子と合流する企てが、鈍感で復讐心に燃えるタマンラセット〔アルジェリア南部のオアシスの町で人口八万あまり。トゥアレグ人の中心都市の一つ〕配属のフランス人将校の拒否のせいで失敗に終わったのは、父にとってやりきれないことだったに違いない。それは彼の家族を構成する愛する者たち——父には他に家族はいなかった（すべてをモーリシャスに捨ててきたからだ）——が、もはや法も身の安全も未来もない国でだれにも頼れない状態に打ち捨てられていることを意味した。それは今や、犯罪と略奪と強姦と国家の嘘に委ねられた国だった。それはまたフランスが一家を、彼と家族を裏切ったことを意味した。彼らを遠く離れた場所に追いやり、死を宣告したことを意味した。父が母に宛てた最後の数通が意味するところは明瞭だ。父から見れば、ドイツの侵入を受け入れ、戦うのを拒《こば》み、パリを敵に開かれた町にすることで、フランス政府はナチス・ドイツと結託してイギリスを敵とした。この裏切りは、かつてモーリシャスから見たフランスが文明の憩いの地に見えた時代に父が慈しんだものを、一変させてしまった。新聞や雑誌がイギリス人に関してフランスの世論に流布させている虚偽を信じてはならない、と父は母に書いた。今後はイギリスの抵抗に、ロンドンを爆撃される代償を払ってでも大英帝国民がヒトラーと戦うことに、希望を託すしかない、とも。それからは、消息のない状態が五年続く、その間父と母は一通の手紙も一つの情報も交わせずに過ごすだろう。まるでどちらも互いにとって死んでしまったかのように、父と母の間に穿たれたのはこの深淵である。

母は深淵の反対側で、広い大洋をはるかに超えるものによって父と隔てられて生きた。沈黙によって、いっさいのハーモニーの、人間らしさの終焉によって隔てられ、自分が生まれ育った国と、結婚してともに子供をもうけた男の国との断絶によっても隔てられていた。

他にも、夫が遠くドイツやポーランドの収容所に捕らえられ、別離を経験した女性たちはいる。多くは果敢にふるまい、女手一つで子供を育て、物質的困難と対峙すべく、かけがえのない知略と勇気を発揮してみせた。だれもが、収容所に囚われの身となった愛する男に暗号文の手紙や、プレゼントや、編み物で愛のメッセージを送ることができる特権をもっていたわけではない。しかし少なくとも、そうした女性は敵であるドイツ軍やフランス人密告者から身を隠す必要はなかった。彼女たちは祖国解放を、愛する男の帰還を待つことができた。私の母は五里霧中だった、未来にどんな期待も寄せようがなかった。ただ、いつか戦争が終わって、彼女と子供たちに国境が開放され、かつて暮らしたアフリカに戻って愛する夫に会えるだろうという漠とした期待だけはあったが、それもますますあやふやになっていった。

この女性がどうして生き延びることができたのか、いや生き延びるだけでなく、何よりも芸術家でショパンやリストやドビュッシーを弾くピアニストであった彼女が、付随するすべての責任を含めていかにして一家の長になりえたのか、容易に想像することができない。実の両親——父親は年老いた大英帝国国民であったから、その身を彼女は隠匿しなければならなかった——と、二人の子供——下の子は乳離れしない生後六カ月の赤ん坊で、二歳の上の子も他に食べ物がないときにはいぜん母親の乳を吸っていた（人間の女性たちに乳房が二つあるのはそのためだ）——を連れて車で出発する決意を固め、地雷が敷かれ、ジグザグの減速路でさえぎられた風景のなか、砲撃で穴だらけになった道を通って、廃墟と化したフランスを縦断し、フランスの憲兵隊やドイツの秘密国家警察《ゲシュタポ》の警戒線を越え、ドイツ軍司令部と掛け合ってガソリン券を入手し、おんぼろ車の詰まった気化器を修理した。そうしたことすべては、ニースにたどり着くためだった。しかしそこでも、戦争は遠からず彼女を捕らえるだろう。

それにしても、私自身は空虚をどのように埋めようとするのか。自分の幼少期の灰色の家にどんな家具を据え、青い紙でふさいだ窓の向こう、流れ弾に備えて閉めきった鎧戸の向こうの見えない風景を、どのように編み出すのか。四四年の夏のある夜、山際の空に曳《えい》光弾《こうだん》がすばらしいホタルのように舞うのを見た。それを眺めるのを母と祖母がぼくらに許可してくれたのは、戦争の終わりを画するものだったからか。失くした物を数え上げてみよう。フランスを縦断しながら逃げのびる間に盗まれた物がある。パリの祖父母の住まいの食堂を飾っていたエル・グレコ〔一五四一―一六一四、クレタ島生まれでスペイン、トレドで活動した宗教画家〕の絵がそうだ。兄弟たちに売られたヨセフ〔「創世記」三十七章〕の悲しげな顔が描かれた絵で、母はひどく嫌っていた。封印した貨車で輸送中に南仏のどこかで爆撃を受け、畑荒らしに略奪された。その名残はわずかにイポリット・フランドラン〔一八〇九―六四、フランスの画家〕による模作だけであり、それはカルティエ・ラタンのとある教会に掛かっている。失くした物品一覧のなかには、「闇市」と呼ばれるあの長期にわたるグロテスクな欺瞞《ぎまん》のなかで、食料や石炭や薬と交換に祖母が手放した物がある。金の装身具やベル・エポック時代の小物装身具、絹のショール、黒貂《くろてん》の毛皮の首巻、ヴェネツィアン・グラスといった物が、露と消えた。

戦争のもう一つの側面は、毎夜兄と私が身を寄せていた心地よい繭の世界だ。アリス祖《ば》母《あ》ちゃんがぼくらを自分の寝床に迎え入れてくれた。生まれつき抜け目のない小猿モナミが、果樹園で果物を失敬したり広口瓶に隠された飴を嗅ぎつけたりといった具合にちゃっかり食べ物を見つけ、生きのびるために皆をだますいろんな冒険譚を、祖母が繰り返し話してくれるのに聴き入った。▼19 モナミの冒険譚は、暴力や、閉まった鎧戸の向こう側の村の路上で行き交っている犯罪のうわさを一刻《いっとき》忘れさせてくれた。ぼくらの飢餓を一時的に忘れさせてくれた。四七年にアフリカ行きの船のなかではじめての小説『ながいたび』を書きはじめたときも、私はまだ飢餓を思い出していた。小説の主人公オラジは船長に向かって「おなかがすいた！《アイム・ハングリー》」と叫ぶ。――「おなかがすいたのなら、きみにねこをあげよう！」——「たべるのに？」——「ちがうよ、ともだちになるためにさ！」

戦争の終わり、それは子供には何の意味もない。子供は〈歴史《イストワール》〉のなかで生きているわけではない。子供はいろいろなできごと、作り話《イストワール》、すばやく捉えた他人の言葉、目覚めたまま見た夢しか知らない。ドイツ人弾薬装備兵によるニース港の破壊に自分が立ち会ったかどうか覚えていない。飛行機から投下された爆弾の衝撃で、床に打ちつけられたことしか覚えていない。いや、それすらも確信はない。もしかしたら、現場に立ち会った人々の話をのちに聞いて、いくつかのできごとを混同したのかもしれない。四四年の夏の終わりにぼくらがニースに戻ったとき、ドイツ軍はすでに町を離れていた。だからといってぼくらが解放されたわけではなく、街路に出るのはいぜん禁じられていた。近隣の庭園や公園——のちにベンチに腰かけてウェルギリウスを読みにいくことになるオリーヴの木が植わった大公園——には地雷が仕かけられていて、髑髏《どくろ》印のボードを取りつけた鉄条網によって公衆には閉ざされていた。海に出る道は壁で囲われていた。私が白い板にチョークではじめて描いた絵は、イダリー荘七階にあった祖母の寝室の窓から見える景色を表していた。椰子の木、家屋の赤い屋根、それに港。防波堤は腹をえぐられ、難破した船のマストが水中から突き出ていた。

ぼくらは車庫のなかを探検した。そこにはド・ディオン・ブートン社のおんぼろ車がドイツ兵に車輪をもぎ取られたまま、レンガの台に鎮座していた。そこが終戦後長きにわたって兄と私の遊び場になる。やがて祖母は嫌な思い出をよみがえらせるこの残骸を処分した。後背地に住む一人の百姓に売ったのだ。百姓は新たに車輪を装備し、採れた野菜を市場に運ぶのに小型トラックのように利用した。戦争の痕跡はいたるところに見られた。穴だらけの建物正面にも、車道に開いた砲弾の穴にも、燃やされた車の残骸にも、偽装用に塗られたペンキにも、ドイツ語で書かれた掲示にも。世界のすべての子供が戦場で目にするものだ。建物の階段を下りて地下室にコークスの豆炭〔石炭を蒸し焼きにして燃焼性を高めたうえで粉にし、結着剤で固めた燃料〕やおがくずを取りにいくときには、まるでおびえたドイツ兵が放った弾丸が取り出せるとでもいうように、外壁に残された穴に儀式のように指を挿し込むのだった。その兵士が狙ったのはぼくらだったと私は長いこと夢想していた!

終戦とは、山中では疎遠になっていた一族全員との接触を再開することだ。おじたち、おばたち、いとこたち、一家の友人たち、敵たちも含めて、大きな一族で包み込むような熱気にあふれ、緊密な輪のなかで暮らす子供たちにとって、終戦とはいったいどんなことなのか想像してみる。両親の仕事上の関係者たち、クラスメート、いろんな遊びや不当な仕打ちや喧嘩《けんか》や笑いをともに学ぶ近隣の子供たちもいる。ぼくらはまるで監獄にいるように、友も親族もなしに成長した。四五年以降は巣穴から出て、それまで一度もうわささえ聞いたことのなかった人々と出会う。彼らと抱擁を交わし、「おじさん」、「おばさん」と呼び、彼らの話を聴かなければならない。

この孤独の五年間に私を養ったのは、さまざまな危険というよりも、奇異の感情だった。あたかも戦争が、それ以前の人々と以後の人々の間に決定的な溝を穿ったかのようだった。その空隙は私に沁《し》み込み、自分より前に存在していたものを遠くに追いやった。五歳や六歳のころには、拒絶を言葉にすることができない。

そうした事態への拒絶の思いはある、しかしそれだけだ、そして消滅途上にある古い世界を、驚きの目で、胸を絞めつけられながら眺める。変化の途上ではなく、本当に消滅の途上にあるのだ。ただのイメージではなく、本当の消滅だ、個々人が老いさらばえるのである。モーリシャス生まれのあの年老いた伯母は、むかしはあんなに美しく、陽気で、夫と豪勢な暮らしをし、幌付きオープンカー《トービードー》を運転してコート・ダジュールを走っていたのに、悲惨極まる貧困に追いやられ、盲目になって、ニース駅近くのあばら家で生き延びていたところ、あるバスの車掌が破廉恥にも彼女の家に押し入り、知恵遅れの娘と同衾した。祖母の昔からの友人のガビーは、パテ社[20]のスタジオで働いていた若いころはあんなに芸術家で、あんなに風変わりできらびやかだったのに[21]、妹のモーとともに廃墟と化したヴィラの地下で乞食のような暮らしをしていた。その入口の扉には、対独協力者《コラボ》の巣窟の在り処《ありか》を義勇遊撃隊〔第二次世界大戦中の共産党系の対独抵抗組織〕の懲罰にさらすためのチョーク描きの屈辱的な銃眼模様がまだ残っていた。二人ともなかば野生化した猫の群れに囲まれて飢餓で死にかけていたが、姉のほうは実際に祖国解放の数週間後、肺結核と栄養失調で死んだ。

　モロッコ征服の間に脚を負傷した一人の退役大佐がぶつ反教権主義の長話のなかに、北アフリカやインドシナやマダガスカルの原住民を嘲弄し、移民労働者、共産主義者、ユダヤ人、アメリカ人、そしてとりわけ、いつもどおりイギリス人（！）を告発する彼の話のなかに、子供の目は罪なき人を、そして罪人をも、はっきりと見抜いていた。あの醜悪なシャイロック〔シェイクスピア『ヴェニスの商人』に登場する強欲冷酷なユダヤ人高利貸し〕の仮面をぼくらにくれたのはその男だったか。ぼくらはそいつを手にもち、袖広外套を着せ、柔らかいフェルトを帽子のように被らせて、祖母をびっくりさせておもしろがった。果ては母が怒り、その仮面をゴミ箱に捨ててしまった。週刊紙「耳を澄まして《オ・ゼクート》」の一揃いや、フランス兵バルナヴォー▼22と、「百姓《ニアクエ》」〔ベトナム語 nha quê〕を貪《むさぼ》り食う彼の雌虎との冒険を語る愛国主義の小説を何冊もぼくらにくれたのはだれだろう。

生涯最初の数年を通じて間断なく飢餓を経験したこと、恐怖と空虚をひしひしと感じたことは、私を鍛えてはくれなかった。むしろ粗暴にした。それはおそらく戦時中に生まれたすべての子供の運命なのだろう。犯罪や死や略奪の場面を見たということではなく、社会の規範がもはや存在せず、優しさや分かち合いというものがなくなり、どこか外の、人けのない街路や爆撃を受けた建物正面の裏側に、地雷が仕かけられた空き地に、強くて危険な別の人種がいることを、本能的に感知するのである。こうした粗暴さのせいだろうか。それとも食べ物が不足していたためか、免疫力の低下のせいか。終戦後、何度も重い病気を患い、抑えようのない咳《せき》が出て吐き気を催すほどだった。近所の医者は痙攣性《けいれんせい》咽頭炎だと見立てたが、のちに肺結核に罹っていることがわかった。耐えがたい偏頭痛に何度も見舞われたのを覚えている。あまりに苦しくて、光が当たらないテーブルの下に隠れなければならなかった。こうした激しい苦痛、それは一個の恨みとして、だまされたような、世のなかに蔓延した一つの嘘のなかで生きたような漠たる感情として、今も強く身内に残っている。ぼくら、兄と私は、男が不在の世界で女手によって育てられた。そしておそらく自分たちの意のままになるよう大声を上げることに慣れた小さな王、小さな暴君になっていた。戦争による閉じこもりが終わり、ふたたび窓を開けることができるようになると、抑えがたい怒りの発作が何度も体をよぎったのを覚えている。その発作の間は、七階の窓から本やいろんな物を、家具さえも、手当たりしだいに放り投げた。涙を流し、喉が嗄《か》れるまで叫んだのを覚えている。それは気まぐれな怒りではなかった。単純な憤激、対象も理由もない憤激だった。

　こうした幼少期の果てにアフリカがある。

それは、なくてはならなかった、必要だった。父は七年前から妻と子供たちが来るのを待っていた。父は一度、一、二週間そそくさとフランスに戻って来て、ぼくらの将来を構想した。ぼくらはフランスを離れてナイジェリアで父に合流し、それから父は南アフリカで引退生活に入る、ぼくらはその地で勉学を積み、大人になる、という計画だった。準備は万端で、父の友人のジェフリー博士▼[23]がダーバンでぼくらを迎えてくれることになっていた（ダーバンにはぼくらのモーリシャスの親族が移り住んでいた）。それはぼくらを締め出したフランス、ドイツに敗れ血の気の失せたあのフランスから遠く離れた場所での新しい生活になるだろう。闇市と垂れ込みの怪しげな取り引きにどっぷり浸かった、陽光あふれる悲惨な町ニースからも遠く離れて。

　アフリカに到着したとき、ぼくらはやせ細り、ろくに教育も受けず、怒りと反抗心に満ちみちた二人の子供だった。今日、アフガニスタン、シリア、イラク、ソマリア、スーダンなど、戦火のなかにある国々、破壊や犯罪の支配する国々から逃避する移民の子供たちの姿を新聞・雑誌やテレビで見かけるとき、そこにかつてのぼくら自身を重ね見る。あの子供たちと同じく、ぼくらも継ぎはぎだらけの衣服をまとっていた。あの子供たちと同じく、ぼくらも陰険な表情を顔に浮かべていたに違いない。恐怖が残す痕跡だ。あの子供たちと同じく、ぼくらにも何かに復讐する欲求、殴り、叫び、嚙みつく欲求があった。オゴジャ▼24での最初のころは、シロアリの城を叩きこわすために棒切れを携え、草ぼうぼうの平原を駆け回った。マムシやトカゲを捕まえた。夜には、野生の猫たちの鳴き声をじっと聴いていた。

　しかしあの子供たちとの違いはこうだ。ぼくらは古いヨーロッパからやって来ていた。

それは世界で最も発展した地域でありながら、技術的進歩をもっぱら死の兵器の生産のために利用している地域だった。以後、ぼくらを文明化してくれるのはアフリカだ。ぼくらが自由や、感覚的快楽や、自然の豊穣さをはじめて知ることになるのは、今日では忘れ去られた大陸とみなされているアフリカの地においてだ。たしかにぼくらは、植民地に潜む根本的な不正義や、囚人に加えられるひどい仕打ちや、植民地行政官とか王侯《パシャ》ばりの生活を送る外国人商人とかの横暴ぶりもそこで知った。しかし、腹が減れば何かを食べ、屋外が恐くなく、身を隠す必要がなくなったのは、久しぶりだった——私には生まれてはじめてのことだった。ぼくらは広大な空の下で、果てしない空間に身を浸していた。クロス川流域の藪に囲まれた奥地で、日々一つの冒険を経験した。夜ごとに、嵐が到来し、夜空に閃光が走り、激流のような雨が降る魔法の舞台が現出した。

ぼくらは母とともにオランダ船籍のニジェルストロム号での一カ月の船旅を経て、四七年六月、つまり雨期に、アフリカに、ポート・ハーコートに到着した。父がぼくらを待っていて、ぼくらをフォードV8車に乗せたが、乗用車というよりはむしろトラックで、紅土《ラテライト》の道をがたがた揺れながら走りはじめた。増水中の川をいくつも渡った。ぼくらは戦争が本当に終わったことを知った。

▼1　一八八三年、ニース海岸の海中に打ち込んだ杭の上に建てられた六千五百平米の巨大建造物で、カジノ、劇場、遊戯場などがあった。海岸沿いのイギリス人遊歩道《プロムナード・デ・ザングレ》とは長さ六十メートルの簡易桟橋で結ばれていた。数度の修復、再建を経て一九四四年に解体され消滅した。

▼2　一九四〇年六月二十二日の独仏休戦協定から四四年八月二十五日のパリ解放まで、フランスはドイツ軍に占領された。

▼3　「ブルターニュの歌」註1を参照。

▼4　一八八三年創業のフランスの高級車製造会社。社名はジュール＝アルベール・ド・ディオンとジョルジュ・ブートンという二人の創業者の名を連ねたもの。第一次世界大戦後は鉄道産業、とくにディーゼルカーの製造に主力を移した。一九六八年廃業。祖母の車への言及は『ル・クレジオ、映画を語る』（拙訳、河出書房新社、二〇一二年）にも見られる（邦訳一七―一八頁）。

▼5　対独降伏、仏独休戦協定、ドイツ軍のフランス占領という流れのなか、ドイツ傀儡《かいらい》のヴィシー政権に抗して、イギリスに脱出したド・ゴールを中心にフランス本国に向けて抵抗を呼びかける「自由フランス政府」が組織され、やがてアルジェを拠点にレジスタンス運動を展開した。「自由フランス軍」は、北アフリカ、西アフリカ、タヒチ、南アメリカなどの現地徴収兵を中心

に組織された。

▼6　一九四〇年七月三日、仏領アルジェリアの主要港オランに停泊中のヴィシー政権の海軍艦艇に対し、この政権に不信をもつチャーチルの意向を受けたイギリス海軍が艦砲射撃を加えて大きな損害を被らせた。これを機に英仏関係は一挙に悪化に向かう。

▼7　作家の父親ラウール・ル・クレジオ（一八九六―一九八三）は、作家自身にも正確にはわからない一族の内紛を機に一九一九年、逃げるようにして故郷モーリシャス島を離れた。ロンドンで七年間熱帯医学を修める。一九二六年から二年間、植民省から南米の英領ギアナの河川地帯の医師に任じられる。ついで二八年からアフリカ西部のカメルーン西部とナイジェリア東部にまたがるイギリス統治下の広大な地域を受けもつ医師を志願し、途中ナイジェリア南東部オゴジャに拠点を移すが、五〇年までの二十二年間その任に留まる。職位は「軍医」であったが、ギアナでもアフリカでも現地住民に医療を施すことが実際の任務だった。このあたりの事情については『アフリカのひと』にくわしい（「ブルターニュの歌」註34、47を参照）。

▼8　生命の起源をめぐる有力な仮説の一つに、大気中で合成された非生物的な有機物が海中で多数の「液滴」と呼ばれる形態になり、それがやがて生命を得て細胞となったとする、ソ連の生化学者アレクサンドル・オパーリンが一九二〇年代に提示した化学進化説がある。原始海洋中のこの有機物の高分子集合体が「原初のスープ」（soupe primordiale、著者の表現ではsoupe

originelle）と呼ばれる。
▼9　中米パナマ共和国の東部、ダリエン県を流れる同国最大の川。ル・クレジオは一九七〇年から七四年にかけて、毎年数カ月この地のインディオ、エンベラ族およびワウナナ族の村に滞在した。
▼10　馴化園（アクリマタシオン庭園）とは、一八六〇年にナポレオン三世の支援を得て帝国動物馴化協会がブーローニュの森の一部を切り拓《ひら》いて創設した動物園と植物園を兼ねた施設。農業、商業、娯楽など多様な目的のために異国の動物たちを馴化させることを目的とした。七〇年の普仏戦争時には、飼育されていた動物が、包囲されたパリの住民の食糧源としてことごとく殺された。
▼11　フランスのアルプ・ド・オート・プロヴァンス県およびアルプ・マリティーム県とイタリアのピエモンテ州にまたがるメルカントゥール・アルジャンテーラ山塊（アルプス山脈の一部）にある峠で、標高二四七四メートル。一九四三年九月、ニースのユダヤ人たちはドイツ軍を逃れるべくこの峠を通ってイタリア側に逃れたが、その大半はアウシュヴィッツの強制収容所に送られた（註16を参照）。
▼12　アルプ・マリティーム県ロワイヤ川渓谷のイタリアとの国境に近いブレイユ・シュル・ロワイヤ村で農家を営むセドリック・エルー（一九七九―）が、二〇一五年から一八年にかけて、

スーダン、エリトリアなどアフリカ北東部の出身者でイタリア側からフランス側へ越境しようとする数百人の不法移民を手助けした罪で繰り返し投獄された。人道的ふるまいと法律遵守の対立をめぐって裁判が重ねられ、「ニューヨーク・タイムズ」紙やフランス政府、国連を巻き込む一大議論を巻き起こした。一審、二審はエルーを有罪としたが、一八年七月、憲法評議会が、憲法に定められた博愛および人道的目的で他者を扶助する自由の原則をあらためて承認したのを受けて、同年十二月、破棄院（フランスの最高裁判所）が二審判決を部分的に斥け、その後リヨン控訴院（高等裁判所）での差戻し裁判では、もっぱら人道的な目的で移民に助けの手を差し伸べる者への刑事免責を拡大する新しい「外国人の入国及び居住並びに亡命の権利に関する法典」に基づく判決が下された。本書刊行後の二一年、破棄院は検事総長による上訴を斥け、エルーの免訴が確定した。一八年、エルーをめぐるミシェル・テスタ監督のドキュメンタリー映画『自由であること』がカンヌ映画祭で特別上映され、同年九月には全国で公開された。また、このできごとに材を汲んだ漫画『人間―ロワイヤは大河である』（エドモン・ボードワンのシナリオ、ジャン＝マルク・トゥルベ画）に、ル・クレジオは序文を寄せている。

▼13　ケン・サロ＝ウィワ（一九四一―九五）の『少年兵』（八五）は、ナイジェリアの東部州（イボ人居住地域）がビアフラ共和国として分離独立を宣言したことにより起きた内戦（ビアフラ戦争、六七―七〇）に徴用された少年兵を描いた小説。

▼14　ロバート・ベーデン＝パウエル（一八五七―一九四一）はイギリスの軍人で、ボーイスカウト運動の創始者。その関連の著作が多数ある。

▼15　南アフリカのトランスヴァール共和国とオレンジ自由国の覇権をめぐって、先住のオランダ系アフリカ人（ボーア人、またはブール人）に対し、金、ダイヤモンドの鉱物資源を狙うイギリスが起こした二度にわたる戦争。第一次戦争（一八八〇―八一）ではトランスヴァール共和国が勝利したが、第二次戦争（一八九九―一九〇二）ではイギリスが勝利し、トランスヴァール共和国、オレンジ自由国は消滅した。

▼16　アルベルト・カヴァリヨンによれば、一九四三年九月八日、ナチス軍に拘束されたサン・マルタン村のユダヤ人三百四十九名は、十一月までボルゴ・サン・ダルマッツォの収容所に監禁されたあと、パリ郊外のドランシー収容所経由でアウシュヴィッツに送られた。生き延びたのはわずか九名だった。

▼17　第二次世界大戦中の一九四一年二月、地中海沿岸のイタリア領リビアに派遣された、ドイツ国防軍の部隊。軍団長エルヴィン・ロンメルの指揮のもと大きな戦果を挙げたが、イタリア軍の弱体と物資豊かな英米軍の前にしだいに劣勢を強いられ、四三年三月ロンメルは解任、アフリカ軍団を含むドイツアフリカ軍集団も五月に連合国軍に降伏した。ロンメルはベルリンに召喚されたが、彼が自殺するのはその時点ではなく、ドイツ占領下のフランスのノルマンディに連合国

軍が上陸するのを阻止する作戦に失敗した大戦末期、ヒトラーの暗殺計画への関与を疑われ、ヒトラーの使者により手渡された毒薬を服用してのことである（四四年十月十四日）。ロンメルの死は公《おおやけ》には戦傷によるものとされ、盛大な国葬が営まれた。

▼18　イタリアが最初の山岳戦専門部隊を創設したことを受け、アルプス山脈を越えてフランス側への侵入を阻止するため、一八八八年にフランス陸軍に創設された山岳兵部隊。

▼19　小説『隔離の島』（一九九五年／拙訳、筑摩書房、二〇一三年［ちくま文庫、二〇二〇年］）の冒頭近くで、主人公の幼時、祖母シュザンヌが抜け目ない猿ザミの話を好んで孫に語って聞かせた逸話が回想される（邦訳九頁）。ここで語られる作者の実体験がそのベースになっていると思われる。

▼20　シャルル・パテ（一八六三―一九五七）が兄弟たちと創設した最初期の映画制作会社。二十世紀初頭には、映画制作と撮影機器の販売で世界最大規模を誇った。

▼21　前掲『ル・クレジオ、映画を語る』に、このガビーという女性の溌剌としたポートレートが読まれる（邦訳二一―二六頁）。

▼22　ピエール・ミル（一八六四―一九四一）の北アフリカ、マダガスカル、インドシナなど当時のフランス植民地を舞台とする一連の小説の主人公。フランス植民地軍の歩兵で、植民地主義精神の権化ともいえる人物であるが、同時に植民地支配の栄光よりも滑稽さを際立たせる面があ

り、植民地主義をめぐる著者の両義的評価を映し出す。

▼23　このジェフリー（Jeffrey）博士なる人物は、前掲『アフリカのひと』では、ジェフリーズ（Jeffries）博士として言及されている（『アフリカのひと』邦訳一〇六―一〇七頁）。

▼24　ナイジェリア南東部、クロス・リヴァー州の町。作家の父ラウールは、この地の無料診療所の責任者で、州内で唯一の医者だった。父親のアフリカ在任の末期、一九四七年六月から一年あまり、ル・クレジオは父母と兄とともにこの地で暮らした。註7を参照。

訳者あとがき　幼少期をめぐる反 - 自伝

本書に収められた二篇はいずれも、著者が幼少期の思い出を綴《つづ》った自伝的エッセイである。一九四〇年生まれのル・クレジオが、フィクションを介さずに生の言葉で自分の過去、それも幼少期を語るのに一冊の本をそっくり費やしたのは、八十歳を目前にして書かれた本書がはじめてである。第一篇「ブルターニュの歌」は、一九四八年から五四年まで、著者が八歳から十四歳にかけての時期に、毎夏、一家の住まいのあったフランス南東端のニースから父親の運転する車ではるばる北西端の父祖の地ブルターニュまで移動して過ごした休暇の思い出が語られる。そこは十八世紀末に作家の父方と母方に共通の先祖がモーリシャスに移住する以前から根を下ろしていた土地であり、「ル・クレジオ」姓も「土手、斜堤」を意味するブルトン語に由来する。第二篇「子供と戦争」は、さらに時間を遡って、第二次世界大戦のさなか、著者五歳までの、物心がつきかねる時期に、ニースとその後背地の山間《やまあい》の疎開村で、記憶に深く刻印された体験が語られる。

　自らの記憶を掘り起こしながら書かれた本であるにもかかわらず、著者は自伝《オートビオグラフィー》や回《メモ》想録《ワール》を書こうとしたのではないと、それどころか、その種のカテゴリーを原理的に裏切る書き物であると、繰り返し念を押す。「ブルターニュの歌」の冒頭からこう明言される――「この土地の話を年代順にするつもりなどない。思い出は退屈だし、子供には年代順など知ったことではない。子供にとって、日々は先立つ日々につけ加わるもので、しかも一つの歴史＝物語《イストワール》を構成するのではなく、膨張し、虚空を占め、増殖し、がしゃんと壊れては反響するのだ」。同じく「子供と戦争」の冒頭でも、最も共感する詩人ロートレアモンのモットー「私は〈回想録〉を残すまい」を「ある種のうぬぼれをもって」自らのモットーとしてきたと言う。このように、幼少期に根ざした記憶を蘇《よみがえ》らせながら、思い出の書ではないとする一見矛盾した著者の身ぶりのなかに、本書の鍵と魅力が潜んでいるように思われる。

回想録に抗《あらが》って

自伝や回想録に対する著者の忌避は、何よりまず、記憶そのものの曖昧さ、不純さの認識に由来する。「子供と戦争」を書くル・クレジオは、「その夏のことを覚えていると言えるかどうかわからない。後年、あまりに多くの写真、ニュース映像、フィクション映画を観たし、あまりに多くの話、小説、歴史書、物語を読んだ。記憶というものは脆弱な組織で、容易に断裂したり感染したりする。私は回想の書を警戒している。その種の書物が差し出すのはしばしば矛盾に満ちた曖昧な混ぜ物、いわば原初のスープのようなもので、真実と嘘とへつらいと教訓とが煮えすぎた具材をなし、生気も味わいもないゼリーを形成している」と言う。思い出の、とくに幼少期の思い出の出発点に実体験があるとしても、繰り返し想起されるにつれてあやふやな部分が想像によって補塡され、他人に向かって語る過程で変形され、あるいは他人から聞いた話と混じり合うといった経験は、だれしも覚えがあるだろう。幼いル・クレジオは、疎開先の村で起きた「見晴らし台の丘」の崩落に関して、その少し前に一歳半年長の兄が見た夢が正夢になったと信じていたが、のちに実際の崩落は戦前、すなわち自分の誕生前に起きたできごとであることを知り、夢を見たのが兄なのか自分なのかわからなくなる。思い出として貯蔵されたできごとが、実体験に根ざさず、他人から聞いた話が幾重もの変形を経て偽‐記憶として幼児のなかに居座った典型的な例である。

戦時中ニースで暮らしていた時期に、カナダ軍がドイツ占領軍に向けて放った爆弾が誤って一家の住まいのあった建物の庭に炸裂した衝撃で、浴室の床に叩きつけられたできごとは、作家がさまざまな機会に生の声で語り、「子供と戦争」でも幼児にとっての戦争の暴力性を象徴する「生涯で最初の記憶」として一度ならず言及されるが、巻末近くに至って、この逸話さえ、その事実性は定かでないと告白される――「飛行機から投下された爆弾の衝撃で、床に打ちつけられたことしか覚えていない。いや、それすらも確信はない。もしかしたら、現場に立ち会った人々の話をのちに聞いて、いくつかのできごとを混同したのかもしれない」

原書の表紙に添えられたサブタイトルは、「二つの思い出《スーヴニール》」でも「二つの物語《レシ》」でもなく「二つの話《コント》」である。「コント」conteの語は、童話や幻想小説のように、通常は超自然的驚異の要素を含み、しばしば教訓や揶揄をはらむ文学ジャンルの名称である。その一方で、この語は「作り話、でたらめ」といった意味にもなりえる。本書の文脈では、あやふやな記憶をたぐりながら自らの幼少期を語ろうとする著者の自己卑下とも、記憶の無謬への確信に基づいて書かれる自伝や回想録への間接的挑発とも読める。おそらくはその両方なのだろう。

著者が自伝や回想録を忌避するもう一つの理由は、かつての自分に他ならぬ「子供」を裏切ることなくいかに幼少期を語るか、という問題に関わる。フランス語の enfant（子供）のラテン語源 *infans* は、しゃべらざる者、言葉をもたない者を意味する。戦時下の三歳の子供は、周囲で生起していることが知的に把握できなくても、次々と起きる事態にどう反応すべきかわからなくても、たしかに何かを盲目的に、強烈に感じている。ただ、それを言葉にすることができない。まず、物資の欠乏に起因する恒常的な飢餓――「体の真ん中に穿たれた空虚」――がある。しかしまた、「顔も、名前も、物語もない恐怖」、童話が子供に吹き込むような怖さ――怖いもの見たさの快感――などとは桁違いの恐怖がある。それに、長い閉塞から生じる一種神経症的な鬱屈がある。終戦で閉じこもりが終わると、五歳のル・クレジオは「抑えがたい怒りの発作」に駆られ、七階の窓から本や家具を手あたりしだい放り投げたという（「単純な憤激、対象も理由もない憤激」）。その一方で、閉塞の生活はまた、祖母と母に守られた、繭か母胎のように甘美なミクロコスモスでもあった。時系列に沿った客観的記述では、そうした不安定で不定形な、時として痙攣的《けいれんてき》な爆発を見せる幼児の心身に肉薄することはできない。著者が試みるのは、幼い自分に深い刻印を残した人、もの、できごとに特化して、その印象を照射しなおすこと、そして幼児にはなかったが今や作家として手中にしている言葉という表現手段によってそれを伝達することである（ボードレールの言う「子供としての天才」の脱芸術家的ヴァージョンである）。言いかえれば、本書において作動しているのは、すぐれて感覚的、感情的な記憶である。それはおのずと瞬時的で断片的な性格を帯び、時系列を無視したものになる。時系列の無視が最もあからさまなのは、著者八歳から十四歳までの時期に照準を当てた「ブルターニュの歌」を、終戦を迎える五歳までを扱った「子供と戦争」に先行させる配置である。少年期から幼児期へと遡行するように、二つの話《コント》は並べられている。

郷愁《ノスタルジー》の使用法

先ほど引いた「思い出は退屈」という言明にもかかわらず、本書が依拠しているのが思い出すという行為であるのは言うまでもない。著者が忌避する「回想録」と、本書が実現しようとしている二篇の「話《コント》」を隔てる第三の決定的なファクターは、「郷愁《ノスタルジー》」への対し方であるように思われる。この語は第一篇に頻出する。「カンペールやロリアンでの大きな音楽祭の創設は、ケルトの過去を通して人々が一体となる機会であり、そこでは郷愁が重要な役割を果たすだろう」、「サント・マリーヌ、それは水のにおいだ（朝鮮語で香り《ヒャンス》はまた郷愁《ヒャンス》を意味する）。港の傾斜面で、渡し船の出航時に、波止場沿いに、辛子と、酸と、腐敗物と、植物質のえがらさ、それに釣り餌や重油が混じったにおいが漂う。それから水の色だ。満ち潮のときには暗く、引き潮で砂州が現れるときには透明でほとんど黄色に近づく」のように、郷愁は、音やにおいや色といった感官に訴える要素と相まって、人を過去に結ぶきずなとして働く肯定的な価値づけをされる。しかし著者はこの感情に対し、基本的に警戒的である。他の箇所ではこう明言するからだ――「郷愁は名誉ある感情ではない。一つの弱さ、苦汁を分泌する痙攣にすぎない。この不能は現に在るものを見えなくする。現在こそが唯一の真実なのに、過去へと意識を向けるのだ」

　ル・クレジオが断罪するのは、遠い昔を懐かしみ、今は存在しない人や物や慣習を惜しむことで自足する郷愁である。「ブルターニュの歌」にもそのような郷愁がないわけではない。毎日兄と村人共用の井戸まで行き、ポンプで汲み上げた水を満たした大きな水差しを、何度も休みながら家まで運んだ労役――自分が役立っているという気にさせてくれた労役。牛乳をもらいにいった農家のル・ドゥール夫人の相貌、彼女の話す古いブルトン語の抑揚、その家の二人の養女に対して海辺で兄弟が仕かけた嗜虐的ないたずら。村を挙げての麦の刈り取りと脱穀が行なわれる日の狂熱。めったに姿を見せない謎めいた老侯爵夫人の住むコスケ城での年に一度の祭り……。そうした思い出を語る著者の言葉に、郷愁がこもらないと言えば嘘になる。それどころか、著者には幼い自分が生きた幸福な瞬間を読者に共有させたいという欲求があるのはたしかだ。ただ、著者の想起はほとんどつねに、幼少期のブルターニュと今日のブルターニュとの差異を測り、急速で著しい変容の意味を問わずにはいない。「ブルターニュの歌」はまさに、「現在こそが唯一の真実」という信念によって方向づけられている。郷愁の忌避は、回想録の忌避とともに、幼少期を対象とする本書がはらむ二重のパラドクスである。

変容するブルターニュを捉えるル・クレジオの視線は、生活と文化の多方面に及ぶ。漁業の衰退、それに代わる鮮魚加工業(缶詰製造業)の隆盛と早々の衰退、農業の変質、道路整備・観光振興・工業地帯創設などによる農村の都市化、さらには宗教の合理化、つまり「法と教養の保持者」として「忠告も、弔辞も、病人を癒す祈願もすべて」を職掌に収めていたかつての司祭から、「非信徒を不快にさせないよう、装束を捨てて平服を着用する」今日の「巡回司祭」への変化、ひいては女性司祭が出現するまでに至った成り行きである。

もろもろの近代化は、ときに否定的に、ときに肯定的に評価される。従来は渡し船で結ばれていたサント・マリーヌとベノデの間を流れるオデ川に、一九七〇年代に架けられた堂々たるコルヌアイユ橋は、「景色を矮小なものにした」と断罪される。夏場を除いて鎧戸を閉ざした別荘が建ち並ぶ海辺のリゾートの「乱開発」は、景観に「荒廃や放置の印象を与える」とともに、「耕地の整理統合」で大規模な耕作地を獲得した農業経営者を真に豊かにすることもなかったとされる。逆に、農産物加工業の発達は「赤貧に終止符を打つ」役割は果たした。ブルターニュの人々が自発的に示す「先史時代の記念物の保護、間道の手入れ、海岸の清掃、植え込みを維持することへの好み」や、大都市郊外の貧困を逃れてブルターニュに来た若者たちによる有機農業の実践や、地域固有の景観を造成するための教育を施す「斜堤造成学校《スコル・アル・クルジウー》」の存在は称揚される。「今、老境に達して見るブルターニュは、相貌を変え、清潔でおしゃれになった。農家は女性たちのおかげで花が咲きほこる花壇で彩られ、村々は競ってロータリーや中心街を活気づけようとしている」という言葉は、郷愁から遠いところで発されている。

幼少期との比較で著者に最も深刻な衝撃を与えた変化は、ブルトン語の消滅である。一九五〇年代半ばには学校では禁じられていたものの、ひとたび校門を出れば、ましてや夏季休暇ともなれば、子供たちはブルトン語を自発的にしゃべっていた。しかし一家が夏季休暇をブルターニュで過ごす習慣が途絶えてからわずか十年後には、「まるで魔法の杖の一振りでもとの住民を別の住民に取り替えたかのように」、生活のどんな場所でもそれが聞かれなくなっていた。そこには社会的成功のためにはローカル色の際たるものである母語をかなぐり捨て、共和国の言語（フランス語）の使用者にならなければならない、という規制が働いていた。この点に関してル・クレジオはブルトン人に手厳しい。「ブルトン語放棄の真の原因をめぐっては、その責任を担っているのはブルトン人自身である。［……］現代的なものへの好みを出自への恥じらいと混同し、先祖の遺産を後進性と同一視し」たと批判する。母語を捨てようとすることは、自らの根拠を否定することに等しいと思われるからだろう。それだけに、ケルト文化とブルトン語の擁護と顕揚を図る音楽祭の創設や、とりわけ保育園から高校までブルトン語での一貫教育を行なうディワン学院の創設は、作家の眼には大いに歓迎すべき動きだった。

「郷愁」の語は、「子供と戦争」には一度も現れない。考えてみれば当然である。あまりに幼いために記憶が未熟なうえに、繭のような、あるいは母胎のような、祖母と母に守られた戦中の閉塞空間の心地よさをおいて、郷愁を呼び起こすような条件はまずなかったからだ。その心地よい閉塞空間でさえ、たえず身近に迫る外部の脅威にさらされていた。「子供と戦争」の中核を占めるのは四三年のまばゆい夏の思い出であるが、その夏は死と分かちがたく結びついている（「思うに私は、夏と死を同時に知った」）。もっとも、三歳児が確たる記憶能力を備えているはずがない。多分に、他人から聞いた話が作家自身の記憶として取り込まれた偽‐記憶であろう。ヴェジュビー川での水浴の牧歌的な思い出は、幼い兄弟の遊び相手になってくれたイタリア人少年マリオがドイツ軍の進軍を遅らせるためか、爆弾を抱えて運ぶ最中に躓躓《けつまず》いて爆死した事件と切り離せない。しかも幼児の周囲では、唯一残されたマリオの形見は赤毛の髪のひと房だった、という逸話が語り継がれた。小説『さまよえる星』（一九九二年）にマリオの実名で挿入されたこの逸話をあらためて語りながら、ル・クレジオはビアフラ戦争に素材を汲むナイジェリア作家の小説『少年兵』に思いをいたし、アルジェリア戦争期にアルジェリア民族戦線を支援していたニースの高校の同級生のことを思い起こす。「戦争とは子供を殺すもの」、すなわち「戦時中に生まれた者は、真に子供でいることができない」、爆弾を運ぶ子供は否応なしに「粗暴で、獰猛で、仮借ない時代」「大人の時代」に引き入れられてしまうと言う。個人的回顧はほとんどつねに、現代への視線、時代を超えた省察へと接続される。

終戦後、父親に会いにアフリカに渡ったときの「やせ細り、ろくに教育も受けず、怒りと反抗心に満ちみちた二人の子供」だった自分たち兄弟の姿を想起しながらこう語る——「今日、アフガニスタン、シリア、イラク、ソマリア、スーダンなど、戦火のなかにある国々、破壊や犯罪の支配する国々から逃避する移民の子供たちの姿を新聞・雑誌やテレビで見かけるとき、そこにかつてのぼくら自身を重ね見る。あの子供たちと同じく、ぼくらも継ぎはぎだらけの衣服をまとっていた。あの子供たちと同じく、ぼくらも陰険な表情を顔に浮かべていたに違いない。恐怖が残す痕跡だ。あの子供たちと同じく、ぼくらにも何かに復讐する欲求、殴り、叫び、噛みつく欲求があった」。幼少期について事実性に基づく想起は不可能であるとしながら、幼児の身体に紛れもなく刻まれている暴力や恐怖や空腹や閉塞といった感覚を語ることは、自足的な郷愁とは逆に、記憶を現在に向かって作動させることだと著者は信じている。その意味で本書は、著者自身があるインタビューで言うように、（政治・社会的に）「旗幟鮮明な本《アンガジェ》」である。

世界におけるよそ者

「ブルターニュの歌」の執筆は、何といっても、一族の根っこがあって著者自身が一年のいくばくかを居住している土地への愛着に動機づけられている。その愛着が、自ずと地域の変化への問いとなる。この話《コント》は、短い前文に続く十七の断章から構成される。数頁の各断章はタイトルを冠し、往時と今のブルターニュのさまざまな面を照射する。それらを通じてル・クレジオにとっての理想的なブルトン人像ともいうべきものが浮かび上がる。最も長い最初の章「サント・マリーヌ」では、幼いころの著者が賛美していた漁師レーモン・ジャヴリの肖像が描かれる。最後の断章「あるブルターニュの英雄」は、ブルトン語を母語とし、棒で地面を叩いて地下の水脈を見つけられる陸の民エルヴェへのオマージュで結ばれている。二人は、ル・クレジオのなかで、いわば時を隔てた互いの分身である。つましい境遇にありながら、卑下することも反抗することもなく、自然と深く親和し、その「神秘」に通じ、「土地の魔力」を語ることのできる人々。フランスのなかでも歴史的、文化的に特異な位置を占め、今なお自治独立論者も少なくないブルターニュに根を下ろし、その特異性を忌避することとも顕揚することとも無縁で、変化の荒波に揉まれながらそれを自明性として衒《てら》いなく体現している彼らは、著者にとってブルトン人の理想像なのだろう。

彼らがおのずと触れている「神秘」こそ、著者にとってブルターニュの魅力の核をなす。「歴史以前に」の断章、そして文字どおり「神秘」と題された断章で、著者はブルターニュに点在するメンヒルやドルメンを幼少時に一家で見に出かけたときの驚嘆を語る。それらの巨石は、「お前が知っている世界以前にもう一つの世界があったのだ」と告げ、ブルターニュ特有のハリエニシダに覆われた荒野の真ん中に一万年前に人々が石器を磨くのに使ったままに放置されてきた巨大な平石は、「そこで諸世紀が触れ合い、人が指で時間に触れることができるという印象」を与える。また、海のブルターニュとは対照的な内陸のブルターニュ、その名も「ル・クルジウー」という父祖の村（著者の父はそう信じていた）を訪れた著者は、大革命のころにその地を捨ててモーリシャスに移住した六代前の先祖を想起し、運命の成り行きしだいでは、自分たちはその村で遭遇したおかっぱ頭の、木底の靴を履いた不愛想な同年代の少年たちと、互いの人生を入れ替えていたかもしれないとも想像する。

これらいくつかの発見や遭遇は、「ブルターニュの歌」のなかでも突出した驚嘆の瞬間を画している。しかし一族のオリジンに近づき、人生をはるかに凌駕する時間の次元に触れるように思えるとき、同時に自分という存在の浮遊感、帰属の欠如の感覚も募る――「父のモーリシャスと、先祖のブルターニュと、幼少期を過ごしたニースの間を転々とし、ほっつき歩いて、どこにいても自分の場所にいる感じがしなかった［……］だから世界を前にしたときのあの奇異の感覚、あの当惑、あの流謫があった」

作家が自らの実存感覚をフィクションという迂回を経ずに直截に語る本書はまた、その小説作品の由《よ》ってきたるところをさし示す。ル・クレジオ作品になじんだ読者は、小説作品との照応を感じとる部分が少なくないだろう。帰属が不明の、よそ者としての登場人物は、男女を問わず、ル・クレジオ作品の恒常的要素である。とくに、モーリシャス移民の一族が住む大邸宅から、直系の先祖が祖父の代に、作家自身にも詳細不明の内紛によって追放され、作家の父親は二十歳でモーリシャスを去ることを余儀なくされたことが、『黄金探索者』（一九八五年）から『アルマ』（二〇一七年）に至るモーリシャス小説の系列の発想の基盤になっていることを知る読者は、本書と『アフリカのひと』（二〇〇四年）を合わせ読むことで、伝記的なものが小説に転置される創作のプロセスをより確かな実感を持って想像することができる。

　別の観点からはこうも言える。『黄金探索者』を書くに当たってル・クレジオは、主人公のモデルとなった父方の祖父のロドリゲス島における財宝探索の足跡を自らたどりながら『ロドリゲス島への旅』（一九八六年）と題する日記（ただし日付はない）を綴った（「黄金探索者の日記」という題で『黄金探索者』と合わせて一巻本の形で出版するする案も一時はあった）。アフリカでイギリス軍医として長年地域住民の医療に携わった父親の肖像『アフリカのひと』は、アフリカを舞台とする小説『オニチャ』（一九九二年）の生成を遡行的に照射した。同様に「子供と戦争」は、とくにマリオの死やユダヤ人虐殺をめぐって、『さまよえる星』と響き合っている。「ブルターニュの歌」の「コロラドハムシ《ドリフォール》」の断章は、初期の小説『愛する大地《テラ・アマータ》』（一九六七年）で主人公の少年がこの虫の大軍を殺戮する場面を想起させる。「引き潮」と題する断章で語られる太古を思わせる干潮時の海底、強烈な藻のにおい、とりわけ一匹のタコとの交流を読む読者は、『モンド、ほかの物語』（七八年）中の一篇「海を見たことがなかった少年」（邦訳書はこの短篇名を表題としている）にこの場面が転置されていたことに気づくだろう。『隔離の島』（一九九五年）における島の娘シュルヤヴァティと巨大なバラクーダ（オニカマス）との交情もその一変奏だろう。このように、小説作品中のいくつかの印象深いシーンが自伝的源泉を持っていることを明かす点でも本書は興味深い。心にかかるいくつかのモチーフがル・クレジオのなかでフィクションとノンフィクションという二とおりの表現形態を求めているとも言える。

作家の幼少期を知るのに、本書に収められた二篇の間に『アフリカのひと』を置いてみれば、「子供と戦争」（〇歳～五歳）、『アフリカのひと』（七歳～八歳）、「ブルターニュの歌」（八歳～十四歳）というふうに、幼児期から思春期にかけての作家の自己表象の概略がたどれる。それは老境に入った作家が捉えなおしたかぎりでの幼少の自分であるが、すでに述べたように、大人の尺度で合理的に整理することなく、むしろ衝動、感情、驚嘆、夢想といった子供固有のあり方をそのままに表象することを旨としている。原初の自然の奥深さを前にしての畏怖、文明の歪みの直覚、そして新たなハーモニーの困難な探索という、ル・クレジオ文学の底に脈打つ三本のベクトルが、祖型的な形ではあれ、本書には透けて見えるのである。

二〇二四年一月

中地義和

【著者・訳者略歴】

J・M・G・ル・クレジオ（Jean-Marie Gustave Le Clézio）

1940年、南仏ニース生まれ。1963年のデビュー作『調書』でルノドー賞を受賞し、一躍時代の寵児となる。その後も話題作を次々と発表するかたわら、インディオの文化・神話研究など、文明の周縁に対する興味を深めていく。主な小説に、『大洪水』（1966）、『海を見たことがなかった少年』（1978）、『砂漠』（1980）、『黄金探索者』（1985）、『隔離の島』（1995）、『嵐』（2014）、『アルマ』（2017）など、評論・エッセイに、『物質的恍惚』（1967）、『地上の見知らぬ少年』（1978）、『ロドリゲス島への旅』（1986）、『ル・クレジオ、映画を語る』（2007）などがある。2008年、ノーベル文学賞受賞。

中地義和（なかじ・よしかず）

1952年、和歌山県生まれ。東京大学教養学科卒業。パリ第三大学博士。東京大学名誉教授。専攻はフランス近現代文学、とくに詩。著書に、『ランボー 精霊と道化のあいだ』（青土社）、『ランボー 自画像の詩学』（岩波書店）など。訳書に、『ランボー全集』（共編訳、青土社）、J・M・G・ル・クレジオ『黄金探索者』（新潮社／河出書房新社）、『隔離の島』（ちくま文庫）、『嵐』（作品社）、A・コンパニョン『書簡の時代――ロラン・バルト晩年の肖像』（みすず書房）など。編書に、『対訳 ランボー詩集』（岩波文庫）、『ボードレール　詩と芸術』（水声社）など。

ブルターニュの歌

2024年3月25日初版第1刷印刷
2024年3月30日初版第1刷発行

著　者　J・M・G・ル・クレジオ
訳　者　中地義和

発行者　青木誠也
発行所　株式会社作品社
〒102-0072　東京都千代田区飯田橋2-7-4
TEL.03-3262-9753　FAX.03-3262-9757
https://www.sakuhinsha.com
振替口座00160-3-27183

装　幀　　水崎真奈美（BOTANICA）
本文組版　前田奈々
編集担当　青木誠也
印刷・製本　シナノ印刷株式会社

ISBN978-4-86793-020-5 C0097

ISBN978-4-86182-557-6

【作品社の本】

心は燃える

J・M・G・ル・クレジオ著　中地義和・鈴木雅生訳

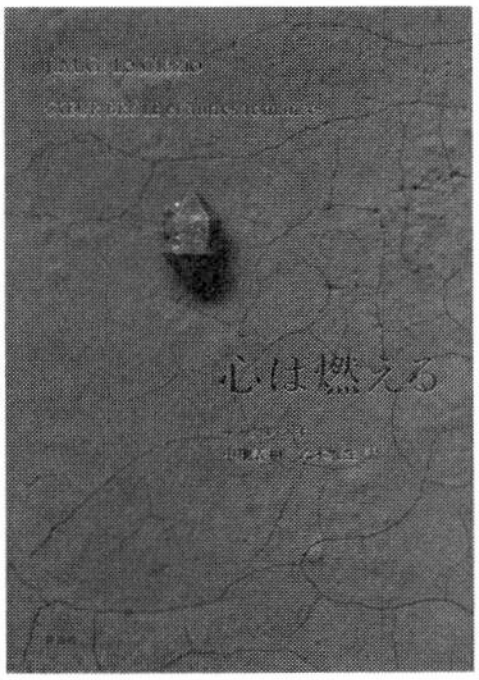

幼き日々を懐かしみ、愛する妹との絆の回復を望む判事の女と、
その思いを拒絶して、乱脈な生活の果てに恋人に裏切られる妹。
先人の足跡を追い、ペトラの町の遺跡へ辿り着く冒険家の男と、
名も知らぬ西欧の女性に憧れて、夢想の母と重ね合わせる少年。
ノーベル文学賞作家による珠玉の一冊！

ペルヴァンシュはまたもかたくなになっていた。クレマンスが表しているものすべてを、社会的地位だの、責任だの、権威だのを憎んでいた。ある瞬間、こんなあばら家を出て、あんなひどい人たちから遠く離れたところに行けるようにあなたを助けてあげられるわ、お金を貸してあげられるわと、ぎこちなく口にした。ペルヴァンシュは猛然と反発した。　（「心は燃える」より）

きっと、アリがひとこと頼みさえしたら、サマウェインは自分の宝物を見せただろう。手紙の束を、何枚もの黄ばんだ写真を、そしてなによりも、女性の腕に抱かれた赤ん坊がうっすらと写っている写真を。海の向こうからやってきた金髪の女性、父を連れて行ったその女性を、サマウェインは母と呼んでいる。

（「宝物殿」より）

ISBN978-4-86182-642-9

【作品社の本】

アルマ

J・M・G・ル・クレジオ著　中地義和訳

自らの祖先に関心を寄せ、島を調査に訪れる大学人フェルサン。

彼と同じ血脈の末裔に連なる、浮浪者同然に暮らす男ドードー。

そして数多の生者たち、亡霊たち、絶滅鳥らの木霊する声……。

父祖の地モーリシャス島を舞台とする、ライフワークの最新作。

ノーベル文学賞作家の新たな代表作！


ぼくは帰ってきた。これは奇妙な感情だ、モーリシャスにはこれまで一度も来たことがないのだから。見知らぬ国にこうした痛切な印象を持つのはどうしてか。父は、十七歳で島を離れて以来、一度も戻ったことがない。（…）父は戦後母と出会い、二人は結婚した。父は故国を離れた移住者、今で言う「一族離散（ディアスポラ）」による移住者だった。

（「砂嚢の石」より）


アルマ。この名はごく小さいときから言える。ママ、アルマと言う。ママとはアルテミジアのこと。母さん（ママン）のことはよく覚えていない。母さんはおれが六つのときに死んだ。（…）意地の悪い奴らは、母さんがよそへ行けばよいと思っている、レユニオン島生まれのクレオールで、分厚い縮れた髪をしているからだ。

（「おれの名はドードー」より）


ISBN978-4-86182-834-8

【作品社の本】

ビトナ　ソウルの空の下で

J・M・G・ル・クレジオ著　中地義和訳

**田舎町に魚売りの娘として生まれ、ソウルにわび住まいする
大学生ビトナは、病を得て外出もままならない裕福な女性に、
自らが作り出したいくつもの物語を語り聞かせる役目を得る。
少女の物語は、そして二人の関係は、どこに辿り着くのか——。
ノーベル文学賞作家が描く人間の生。**

サロメは「キティの話をしてよ！」と言い、「そのあとは、チョさんの鳩の話の続きをお願いね」と付け加える。

彼女はお茶をちびちびと飲む。左手が震え、右手はもう何の役にも立たないのか膝に置かれたままだ。サロメはわたしが目を凝らしているのを見てとり、ただこう言った、「これがわたしには何よりも受けいれにくいのよ」彼女はちょっと顔をゆがめて何かおもしろいことを言おうとするが、思いつかない。「毎日少しずつ死んでいくの、何かが去っていく、消えていく」

わたしは何も言わなかった、サロメのような人を慰めるのに言葉はいらない、憐れみもいらない。ただ、旅をさせるための物語があればいい。　（本書より）

ISBN978-4-86182-887-4